OBSESIÓN PROHIBIDA

CAITLIN CREWS

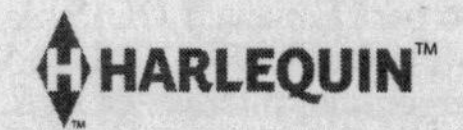

Editado por Harlequin Ibérica.
Una división de HarperCollins Ibérica, S.A.
Núñez de Balboa, 56
28001 Madrid

Obsesión prohibida, n.º 2591 - 27.12.17
Título original: The Guardian's Virgin Ward
Publicada originalmente por Mills & Boon®, Ltd., Londres.

I.S.B.N.: 978-84-9170-126-2
Depósito legal: M-28123-2017
Impresión en CPI (Barcelona)
Fecha impresion para Argentina: 25.6.18
Distribuidor exclusivo para España: LOGISTA
Distribuidores para México: CODIPLYRSA y Despacho Flores
Distribuidores para Argentina: Interior, DGP, S.A. Alvarado 2118.
Cap. Fed./Buenos Aires y Gran Buenos Aires, VACCARO HNOS.

Capítulo 1

EN MEDIO de la ruidosa y concurrida fiesta que estaban celebrando en su apartamento del Bronx, en Nueva York, Kay, una de las compañeras de piso de Liliana, entró en la cocina tremendamente excitada.

–Por fin esta fiesta empieza a parecer el regalo de cumpleaños que se supone que debía ser, Lily –le dijo a Liliana.

Ni Kay ni Jules, a las que había conocido en la universidad, sabían que en realidad se llamaba Liliana Girard Brooks. Al entrar en la universidad se había matriculado como «Lily Bertrand», en vez de usar su verdadero nombre, porque había querido poner distancia en esa nueva etapa de su vida con todo lo que conllevaba el llevar esos apellidos, de renombre internacional.

–¿Y sabes qué? –añadió Kay–. Acaba de llegar un tipo guapísimo... ¡y ha preguntado por ti! Dijiste que ibas a darle un giro a tu vida, ¿no? –le recordó con una sonrisa pícara–. Pues es tu oportunidad de demostrarlo.

Era cierto, al mediodía de ese frío sábado de noviembre, mientras se tomaban una pizza, les había asegurado que a partir de ese día, el día en que cumplía veintitrés años, iba a poner fin a su aburrida y asfixiante existencia monacal de una vez por todas.

–¡Por fin vas a perder la virginidad! –había exclamado Jules, lanzando un puño al aire–. ¡Ya era hora! ¡Bienvenida al siglo XXI!

Cuando vio que se había quedado de piedra al oír eso, Kay había mirado a Jules con el ceño fruncido y había replicado:

–No tienes que hacer eso para darle un giro a tu vida. No tienes que hacer nada que no quieras.

–O puedes hacer lo que quieras... por una vez en tu vida –había insistido Jules, ignorando por completo su reproche.

–No os preocupéis por mí –había respondido Liliana. Solo la habían besado una vez, en su último curso en la universidad, y había sido de lo más embarazoso–. Mis años de patito feo han terminado, y esta noche por fin me transformaré en cisne –les había anunciado, y sus amigas habían lanzado vítores y la habían abrazado.

Sí, eso era lo que había dicho, y no podía volverse atrás, se recordó, sirviéndose otra copa de vino blanco –la tercera ya–, y no pudo evitar acordarse de un incidente, años atrás, en el internado suizo en el que había estudiado de los doce a los dieciocho años y que más que un colegio siempre le había parecido una cárcel. Una noche la aterradora directora las había pillado a ella y a otras chicas bebiendo a escondidas, y les había dicho que el alcohol convertía a las mujeres en prostitutas.

–¿Te parece que este es un comportamiento apropiado para alguien de buena familia como tú? –la había increpado a ella–. Si tus padres levantaran la cabeza... La heredera de un linaje tan importante...

A Liliana, que entonces tenía catorce años, le había preocupado más qué fuera a ser de los integrantes de su grupo pop favorito, que acababan de separarse, que su linaje.

–Ya hay suficientes chicas ricas, tontas y desvergonzadas acaparando las portadas de las revistas de papel cuché –les había dicho a todas con desdén–. De vosotras depende no acabar poniéndoos en ridículo.

Liliana apartó de sus pensamientos a aquella «carcelera» de su antigua prisión y allí, en la minúscula cocina, brindó con sus compañeras de piso, que la miraban expectantes, y bebió un buen trago de vino.

–Tenéis ante vosotras a la nueva y mejorada Lily Bertrand –les dijo, con más confianza en sí misma de la que en realidad sentía–. Y estoy dispuesta a reclamar lo que me merezco, incluidos un montón de hombres guapos.

–Así se habla –intervino Kay–. Pero deberías salir de la cocina: ahí fuera hay uno esperándote –le recordó con picardía, dándole con el codo en las costillas–. Es tu regalo de cumpleaños.

Liliana no quería abandonar la cocina. Las fiestas la hacían sentirse nerviosa y aún más vergonzosa de lo que era, y aquella estaba en su apogeo, con la música alta, y los invitados bailando, charlando y riéndose. Eran todos amigos de Kay y Jules. Ella solo había hecho amistad con ellas dos durante sus años de estudiante en la universidad Barnard, allí en Nueva York.

«Lo que necesito es más vino», se dijo. Tomó otro trago de su copa antes de salir de la cocina al concurrido salón, y después otro más. Por fortuna, cuanto más bebía, más relajada se sentía. Quizá el alcohol no le sentara tan mal después de todo. Era la excusa que siempre había puesto para no beber. Mejor una mentira piadosa que admitir que, aunque habían pasado ya varios años, las opiniones de aquella severa directora seguían teniendo tanto poder sobre ella.

«No es solo la directora la que tiene tu cabeza patas arriba», apuntó su vocecita interior, pero Liliana no le prestó atención. Lo último en lo que quería pensar en ese momento era en su tutor legal, el hombre que dirigía su vida, el hombre cuya aura asfixiante, arrolladora, podía sentirse aun a miles de kilómetros.

Pero no estaba allí. Liliana se atrevió por una vez a imaginarse como la chica despreocupada e intrépida que siempre había soñado que podría haber sido, si él no la hubiera recluido en el internado más estricto de Europa durante parte de su infancia y adolescencia, donde se había sentido tremendamente sola.

Tal vez el problema no fuera que fuese torpe y desgarbada, cuando se suponía que una heredera de familia rica debería ser hermosa y elegante sin el menor esfuerzo, como su madre lo había sido. Quizá el problema fuera que nunca se había dado a sí misma la oportunidad de explorar su lado menos obediente y recatado, y estaba segura de que lo tenía, de que estaba oculto en algún sitio dentro de ella.

Le había llevado al menos dos años, después de acabar el internado, dejar de imaginarse que cada vez que acudía a su mente un pensamiento inapropiado o indigno de una señorita, aparecería a su lado la directora y le echaría un buen rapapolvo.

«Habría que lavarte la boca con agua y jabón. Parece que hubieras salido de una alcantarilla», les decía a las chicas que la desafiaban. «Y quizá ese sea tu sitio: las alcantarillas».

También le había llevado mucho tiempo atreverse a decir lo que pensaba, aunque solo fuera a sus amigas. De hecho, solo ahora, seis meses después de que hubiera terminado sus estudios en la universidad, empezaba a sentir que sabía quién era de verdad: ya no era la heredera triste y encerrada en una «torre».

Tal vez siempre sería famosa por la trágica y repentina pérdida de sus padres, y por haber sido «desterrada» por su despiadado tutor legal, al que apenas conocía, a un internado europeo, igual que por la enorme fortuna que le habían dejado su madre, de familia noble, y su padre, un gigante del mundo empresarial, y que un día ella controlaría.

De cualquier modo, ya se había encargado ella de poner distancia entre su vida real y esas historias patéticas de la pobre niña rica que la prensa había difundido sobre ella. Durante los últimos cuatro años y medio había estado usando uno de los apellidos menos conocidos de su familia materna, y había pasado desapercibida, viviendo en el Bronx con sus amigas, como cualquier otra chica que estaba buscando su primer trabajo después de la universidad.

No era la estrella de un reality show rodado en Hollywood, ni se dedicaba a pasearse en yate por la Costa Azul. No, desde luego no era la típica heredera de las revistas del papel cuché que la directora del internado había predicho que acabaría siendo. De hecho, cuando esas revistas la incluían en una de esas listas de los herederos más ricos del planeta, siempre la calificaban de «discreta» y hasta de «huraña», que era justo lo que ella quería.

Estaba desesperada por demostrar que no era la

criatura inútil que su tutor –idolatrado en Europa y reverenciado en su España natal– siempre parecía sugerir que era en las cartas y los mensajes de correo electrónico –ásperos y a veces hasta insultantes– que había empleado para comunicarse con ella a lo largo de esos diez años.

Los motivos por los que quería demostrarlo eran lo de menos. Lo único que importaba era que ni aparecía en las revistas de cotilleos, ni se había convertido en una carga para su severo tutor, quien aún controlaba el grueso de su herencia.

No había vuelto a verlo desde aquel horrible día en que, tras la muerte de sus padres, se había presentado como su tutor legal para luego enviarla al internado, y consideraba una bendición no tener que tratar con él en persona.

Parecía que ni siquiera el alcohol podía evitar que pensara en Izar, se dijo irritada. En su mente era como un titán, como un dios omnipotente y omnisciente. Las imágenes del Izar que tantas veces había visto en las revistas, con esos ojos negros y esa sonrisa burlona y altiva, siempre tenían un extraño efecto en ella: primero sentía como si el estómago le diese un vuelco, y luego como si todo su cuerpo vibrase por dentro. Durante años había dominado sus pensamientos y poblado sus sueños, ya estuviera echando chispas por su última misiva, escueta e incisiva, o llevara esperando la siguiente meses y meses.

«Nada de paseos en yate por el Mediterráneo. Que yo sepa, no eres una cualquiera», le había escrito una vez cuando, a los diecisiete años, le había pedido permiso para pasar el verano con unas amigas del internado, explorando la Costa Azul, y tal vez también las islas griegas.

Había acabado pasando el verano como la mayor parte de sus vacaciones: entre los muros del internado, con el resto de las alumnas que no tenían con quien pasarlas. Tal era el férreo control que ejercía sobre ella.

Se apoyó contra la pared y paseó la mirada por los invitados a la fiesta. Si el «tipo guapísimo» que iba a cambiar su vida –o al menos hacerla más interesante– estaba allí, ella no lo veía por ninguna parte. De hecho, al único al que podía ver en su mente era a Izar, su tutor.

Tras años recabando toda la información que había conseguido encontrar sobre él en Internet, se sabía de memoria multitud de detalles acerca de su vida, aunque eso no la había ayudado a sobrellevar mejor el infame modo en que la trataba.

Jugador profesional de fútbol desde los diecisiete años, Izar había sido el rey del campo hasta que a los veinticinco se había destrozado la rodilla en una final, una lesión que había puesto fin a su meteórica carrera. Sin embargo, en vez de dejarse llevar por la desesperación y caer en el olvido, Izar había dado un giro a su vida, que a muchos les había parecido extraño, y se había lanzado al mercado de los productos de lujo, convirtiéndose en socio de sus padres, James Brooks y Clothilde Girard, unos años después. Juntos habían formado un conglomerado empresarial, Agustín Brooks Girard, con la prestigiosa firma francesa de alta costura de la familia de su madre, la compañía de vinos y tabaco de la familia de su padre, y la firma de ropa y complementos deportivos que había lanzado Izar.

Pronto la compañía Agustín Brooks Girard se había convertido en un formidable rival para otros gigantes del mundo empresarial, y al morir sus padres en aquel accidente, Izar había quedado, por su testamento, a cargo de todo, incluida ella, su única hija y heredera.

Izar había sido su tutor legal en todos los sentidos hasta que había cumplido los veintiún años, un papel que había desempeñado como si fuese una oscura sombra, siempre detrás de ella. Ahora solo controlaba la compañía, de la que sus padres le habían legado su parte equitativa, un cincuenta por ciento de las acciones, un poder que retendría hasta que ella cumpliera los veinticinco años o se casara.

Liliana se consolaba con saber que, cuando por fin controlara su propia fortuna y las responsabilidades que conllevaba, tendría la oportunidad de tratar a Izar como él la había tratado a ella. Como si no fuera más que un estorbo en su camino cuando tenía cosas más importantes a las que dedicar su tiempo. Y muchas veces había fantaseado con mandarle, como hacía él con ella, notitas mezquinas una vez cada seis meses o así para recalcar su escaso interés.

«Preferiría tomar cianuro antes que apoyar tu propuesta. Pero gracias», fantaseaba con escribirle algún día. Tal vez fuera infantil por su parte, pero es que esa era la cuestión: ella no había sido más que una niña diez años atrás. ¿Tanto le habría costado a Izar ser un poco más amable en aquel horrible día? Acababa de quedarse sola en el mundo porque el avión privado de sus padres se había estrellado en algún lugar del Pacífico. Comprendía que Izar entonces había sido muy joven para hacerse cargo de una niña de doce años, pero jamás entendería qué necesidad había de que la arrancara de su hogar en Inglaterra para mandarla a aquel severo y odioso internado de Suiza, y dejar que se pudriera allí sin hacerle ni una sola visita.

–Ódiame si quieres –le había dicho en ese tono frío, inflexible, en el vestíbulo de la casa en la que había crecido, antes de ordenar a la doncella que hiciera su equipaje. A ella le había parecido el mismísimo diablo, con esos ojos negros brillantes, como brasas de carbón encendido, esa nariz recta y la mirada torva. Luego había apretado la mandíbula y había añadido–. Soy tu tutor te guste o no, y no puedo dejar que tus sentimientos influyan en mis decisiones. Harás lo que yo diga.

Y, por supuesto, lo había hecho. ¿Acaso había tenido elección? Al terminar sus estudios en el internado las cosas no habían cambiado demasiado. A Izar no le había hecho mucha gracia su decisión de matricularse en una universidad de Estados Unidos, y, si finalmente había consentido, aunque de mala gana, en permitírselo, había sido porque la universidad que había escogido era una de las pocas universidades exclusivamente para mujeres que quedaban en Estados Unidos. De hecho, había estado a punto de retirar su permiso solo porque no le gustaba la idea de que fuera a vivir en Nueva York, que según él era el equivalente actual de las disolutas ciudades bíblicas de Sodoma y Gomorra.

Tal era su aprensión, que hasta la había llamado por teléfono. O, para ser más exactos, había hecho que su secretaria la llamara, y esta le había pedido que esperara a que le pasara con él.

–Si me llega el más mínimo rumor de algún escándalo relacionado contigo, Liliana, te arrepentirás –le había advertido, en ese tono amenazador que hacía que se le erizara el vello–. Iré a esa universidad y te sacaré de allí aunque tenga que hacerlo a rastras, y no te gustarán las consecuencias. ¿Me has entendido?

–Sería difícil malinterpretarte con lo claro que eres –le había contestado ella, optando sabiamente por un tono dócil, en vez de desafiante. Y aun así el corazón le había dado un vuelco, solo de haberse atrevido a decirle eso.

Tras sus palabras se había quedado tanto rato en silencio que había temido haber ido demasiado lejos, que la mandaría a otra «prisión» en un lugar aún más aislado, que no podía escapar de la prolongada sombra que Izar proyectaba sobre su vida.

–Te lo permitiré –respondió finalmente, de mala gana–, pero con la condición que te he puesto.

Para Liliana había sido una victoria, aunque pequeña, pero en realidad era él quien estaba ganando, pensó al darse cuenta de que seguía allí plantada, pegada a la pared como una boba en su propia fiesta de cumpleaños. Izar aún disponía de dos años para interferir en su vida, pero en ese momento no estaba allí. De hecho, difícilmente podría ir allí, porque ella no le había dicho dónde estaba viviendo. Además, Izar jamás la había visitado, y llevaba varios meses sin recibir ninguna carta ni mensaje de él.

Al pensar en eso notó como un vacío en su interior, pero ignoró esa sensación y se dijo que en realidad lo que sentía era alivio. No necesitaba que se preocupara por ella, ni su aprobación. Lo único que necesitaba era que la dejara tranquila, que la dejara hacer su vida.

Se apartó de la pared con decisión y paseó de nuevo la mirada por el salón, buscando a ese «tipo guapísimo» que le había mencionado Kay. Había algunos que no estaban mal, pero ninguno le parecía un adonis. Entonces vio a Jules, que debía de haber salido hacía un rato de la cocina, porque estaba junto a una estantería en medio de su habitual enjambre de admiradores y, cuando sus ojos se encontraron, le señaló con la cabeza de un modo nada sutil hacia su derecha.

Allí era donde estaba el pequeño pasillo que conducía a sus tres dormitorios, conectados cada uno con el siguiente como vagones de tren, de modo que solo el más alejado ofrecía un poco de intimidad. Habían echado a suertes quién dormiría en él, y le había tocado a Liliana, que pronto se había dado cuenta de que no había sido precisamente buena suerte. Estaba bien tener intimidad, sí, pero para ir de noche al cuarto de baño y volver a su dormitorio tenía que atravesar los de Kay y Jules, y hacer como que no veía lo que podría o no estar pasando en las camas de sus amigas, que a veces volvían con compañía tras salir de copas.

Respondió a Jules con un asentimiento de cabeza, y se dirigió obediente en esa dirección, zigzagueando entre la gente. Cuando entró en la primera habitación, la de Jules, había allí un par de chicas, antiguas compañeras también de la universidad, sentadas en la cama cuchicheando y riéndose mientras veían algo en el móvil de una de ellas.

–Sigue por ahí –dijo una de ellas al verla aparecer, señalándole la puerta de la habitación de Kay–. Jules le dijo que te esperara en un sitio más privado, para que pudierais estar a solas –añadió con una sonrisa pícara.

Liliana estaba empezando a temerse que sus compañeras de piso hubiesen hecho algo humillante, que jamás les perdonaría, como contratar a un stripper, como Jules estaba amenazándola siempre con que harían. Liliana se sonrojó solo de pensarlo.

Liliana abrió la puerta de la habitación de Kay, pero allí no había un alma. Inspiró temblorosa y fue de puntillas hasta la puerta de su habitación. Un mal presentimiento la invadió cuando puso la mano en el pomo, y un escalofrío la recorrió. Sus amigas no le harían algo así, se dijo, no la harían pasar tanta vergüenza en el día de su cumpleaños...

Le daba miedo abrir la puerta, pero tenía que hacerlo porque les había dicho a Kay y a Jules que iba a cambiar, que iba a arriesgarse. Además, estaba harta de ser la que siempre se quedaba atrás, el patito feo, la chica rara por la que sus amigas estaban siempre disculpándose cuando hacía o no hacía algo que la marcaba como distinta a los demás, de otro planeta, una ingenua...

No estaba segura de poder llegar a transformarse jamás en un cisne, pero eso no le importaba. Se conformaría con ser un gorrión, capaz de volar por sí misma, sin miedo a las alturas, para por fin poder dejar atrás a la antigua Liliana.

Con ese pensamiento en mente abrió la puerta, con decisión, y entró en su dormitorio. Un tipo alto estaba junto a la ventana, de pie y de espaldas a ella, mirando la calle. Por suerte llevaba ropa encima y no parecía que fuera a ponerse a... Fue entonces cuando se volvió, y le dio un vuelco el corazón al ver su rostro. ¡Izar!

Sí, no había duda de que era él, el Izar al que solo había visto en fotografías los últimos diez años. Pero... Pero Kay había dicho que era un «tipo guapísimo». Izar no era guapísimo, era... simplemente Izar, su cruel tutor, se dijo. Pero el daño ya estaba hecho: de pronto Izar ya no era solo el monstruo al que había detestado desde los doce años, sino un hombre de carne y hueso. Y no podía negar que era aún más guapo que en las revistas. En persona era como el azote de un viento invernal: fuerte, implacable, arrollador.

De repente se sentía acalorada, mareada, le temblaban las rodillas... Izar tenía la misma perfección que aquella estatua suya de bronce que se alzaba en el barrio pobre de Málaga en el que había crecido. Era todo nervio y músculo y tenía un aire impaciente y amenazador. Iba vestido de un modo informal pero elegante que delataba que no era un hombre cualquiera.

Su rostro era tan bello como el de un ángel caído, su cabello oscuro y muy corto, su mandíbula beligerante, sus labios arrogantes pero carnosos... Se había quedado sin aliento, sentía un cosquilleo por todo el cuerpo, y el vientre tenso. ¿Qué le estaba pasando?

Los ojos negros de Izar, fijos en ella, parecían atravesarla como un láser. Le ardían las mejillas, y de pronto la invadió una sensación de pánico al pensar en lo que podría estar ocurriéndole, por qué estaba reaccionando así, y en qué haría él si lo sospechase siquiera.

–Ya no tienes doce años –murmuró.

Su voz en persona era más profunda, más aterciopelada... ¡Dios del cielo! No, desde luego que ya no tenía doce años...

–Mis amigas me dijeron que mi regalo de cumpleaños estaba aquí, esperándome –dijo con una calma que solo podía atribuir a las tres copas que se había tomado–. Pero, si se referían a ti, creo que ya puedo decir sin dudarlo que este es el peor cumpleaños de mi vida.

Izar dio un paso hacia ella y se detuvo abruptamente, como si quisiera acercarse más pero se hubiese contenido. La mera idea era absurda, pero a Liliana se le había secado la garganta solo de pensarlo, y el corazón le latía con fuerza.

¿Por qué la intimidaba de aquella manera? No tenía ningún motivo para sentirse intimidada por él, aunque tuviese el efecto que tenía en ella, aunque aún controlase su herencia y su futuro.

–¿No te habrás encontrado, por casualidad, con un tipo muy guapo y lo habrás arrojado por la ventana? –le preguntó a Izar, esbozando una sonrisa indiferente–. Me he marchado de mi fiesta de cumpleaños porque era lo que me habían prometido que encontraría aquí, no a ti.

Izar apretó la mandíbula y frunció el ceño.

–Dime, Liliana –le dijo sin alzar la voz, pero en ese característico tono amenazador–: ¿a qué estás jugando?

Capítulo 2

LA ÚLTIMA vez que Izar había visto a Liliana no había sido más que una chiquilla, toda agitada y llorosa. Era lo que cabía esperar en una niña que acababa de perder a sus padres, pero él no había tenido ni idea de cómo tratarla. Entonces, y en adelante, había actuado pensando únicamente en su bien.

Liliana era la heredera de una inmensa fortuna y de la mitad de su compañía. Era su responsabilidad como su tutor legal, y en su mente todos esos años había seguido siendo aquella niña regordeta, torpe y llorosa. La Liliana que estaba ahora frente a él, sin embargo, había crecido, estaba muy cambiada, y no solo iba vestida como una fulana, sino que también le había recordado a una por el modo en que le había contestado.

Le costaba digerirlo. Que se mostrase así de desvergonzada, de deslenguada, apuntaba a un tremendo fracaso por su parte, y el fracaso era algo a lo que Izar no estaba acostumbrado. Pero su atuendo no era lo peor, ni tampoco el hecho de que estuviese viviendo en aquel apartamento cochambroso en el cuarto piso de un edificio que podría comprar entero si quisiera porque, con todo el dinero que tenía, para ella solo sería calderilla.

Lo peor era que le había mentido deliberadamente respecto a dónde estaba viviendo, y lo había obligado a ir a aquel barrio tan poco recomendable cuando tenía intención de haber pasado la noche dedicado a cosas más placenteras, como ir a ver una obra de teatro con una de sus conquistas.

Izar se enorgullecía de su férreo control sobre todas las cosas, desde el campo de fútbol, que había dominado en su juventud, hasta los negocios, pero era evidente que aquella situación había escapado a su control. Liliana le había hecho creer que durante todos esos meses, después de terminar sus estudios en la universidad, había estado viviendo en la casa que había sido de sus padres en el elegante barrio de West Village, en el distrito de Manhattan, un lugar mucho menos peligroso que aquel sucio agujero.

Y no podía culpar a nadie más que a sí mismo. Ni siquiera a la joven que tenía ante sí, con las mejillas arreboladas y los labios fruncidos, mirándolo furibunda, como si fuese el diablo encarnado.

–¿Tienes algo que decir en tu defensa? –le preguntó.

No levantó la voz, pero empleó ese tono abrupto de advertencia que hacía que sus empleados empezaran a balbucear y a disculparse aunque no hubieran hecho nada.

Liliana se limitó a alzar la barbilla, desafiante, como un boxeador al que su contrincante apenas ha rozado y se yergue, retándole a intentarlo de nuevo. No recordaba haberse enfrentado jamás a una actitud semejante. Nadie lo trataba así; nadie.

–No creo que te gustase escucharlo –respondió

ella–. Y, además, me costaría expresarme de un modo educado.

Su tono hastiado, indiferente, irritó a Izar.

–Después de haberme mentido, de la nula sensatez que has demostrado, despreocupándote por completo de tu seguridad... ¿Te parece que esa es manera de encarar la situación? –le espetó, conteniendo a duras penas su furia.

Liliana, sin embargo, ni se inmutó. No vaciló ni se desmoronó.

–Lo que me parece es que nadie te ha invitado a esta fiesta –le respondió, con un desdén gélido, digno de una reina–. Quiero que te marches. Y quiero que te marches ya.

Izar resopló y miró a su alrededor. Él había crecido en un apartamento mugriento como aquel, solo que en un barrio pobre en las afueras de Málaga, al sur de España, y se había jurado que no volvería a pisar un lugar semejante. Y el que esa noche no le hubiera quedado más remedio que hacerlo lo había puesto aún de peor humor.

Liliana no parecía consciente de que con su decisión de irse a vivir allí se había convertido en un jugoso trofeo para cazafortunas, secuestradores y otros bribones de la misma calaña. El solo pensarlo lo ponía furioso.

El paso de los años había hecho más marcados los pómulos de Liliana, herencia de su madre, y daban a su pelo rubio, a pesar del desastroso recogido, un aire chic. Era esa elegancia que a algunas mujeres les salía natural, sin esfuerzo, mientras que otras se pasaban toda la vida intentando imitarla sin conseguirlo. Además, se había vuelto más espigada y esbelta, y con esos ojos azules y las suaves curvas de su cuerpo lo tenía hipnotizado. Por no hablar de sus hermosos labios, que parecían tan blandos, tan...

¡Por Dios! Pero... ¿en qué estaba pensando? Aquello no podía estar pasando... Para él, Liliana nunca había sido otra cosa más que una responsabilidad. Sus padres habían querido que heredara su parte del negocio, y por eso él, para honrar sus deseos, no solo había dado continuidad a Agustín Brooks Girard, sino que también se había esforzado en incrementar los beneficios.

Claro que era indiscutible que Liliana era muy hermosa, por más que no quisiera admitirlo. Tal vez incluso superara en belleza a su madre, Clothilde Girard, que había sido un icono de la moda y a la que, aun una década después de su muerte, seguía considerándose una de las mujeres más bellas y elegantes de su época.

¿Por qué se sentía tan atraído por Liliana? Tal vez por el modo en que estaba desafiando su autoridad. Era la primera vez que alguien se había atrevido a desafiarlo. Y, si no se tratase de Liliana, si fuese cualquier otra mujer, no se contendría, como estaba haciendo en ese momento, sino que la agarraría por los hombros, devoraría sus insolentes labios y la llevaría a la cama donde la haría suplicar por haberle hablado de esa manera insultante y provocativa, y, cuando estuviera dispuesta, la haría gritar de placer.

El problema era que era su tutor, se recordó una vez más, apretando los dientes mientras la recorría con la mirada. El vestido que llevaba puesto no merecía ese nombre, pues era tan corto que el dobladillo le llegaba apenas al muslo. Era azul oscuro, sin mangas –a pesar de que estaban a mediados de noviembre–, con un escote demasiado bajo, y había completado el conjunto con unas botas altas, hasta la rodilla. Perfecto para esas mujeres que hacían la calle, pensó con desagrado, torciendo el gesto, pero no para alguien como ella.

Quizá estuviera siendo injusto. Al fin y al cabo, así era como se vestían todas las jóvenes de su edad. Pero es que Liliana no era como las demás jóvenes de su edad. Sus errores no le serían perdonados, ni tampoco serían olvidados, sino que a la más mínima ocasión la prensa del corazón y sus rivales en los negocios –cuando recibiese su parte de la compañía– los utilizarían para machacarla.

–¿Es así como se visten las mujeres aquí, en las cloacas de Nueva York? –le preguntó crispado, mirándola con fría desaprobación de arriba abajo y de abajo arriba–. ¿Para mimetizarse mejor con esas pobres desgraciadas que venden su cuerpo en las esquinas? Si es por eso, te mereces un aplauso –añadió sarcástico–. Muy ingenioso por tu parte: vestirte como ellas para despistar a los depredadores que merodean por la zona y que, en vez de tomarse la molestia de asaltarte, piensen que con un puñado de billetes pueden comprarte.

Al ver su rostro ensombrecerse, Izar sintió cierto remordimiento –otra emoción que le era poco familiar–, pero de inmediato Liliana irguió los hombros, como si quisiera darle a entender que era lo bastante fuerte como para resistir sus pullas y enfrentarse a él.

–Voy a hacer como que no acabas de insinuar que soy una furcia en la primera conversación que hemos tenido en persona después de diez años.

–Lo que he dicho es que lo pareces por el atuendo que llevas. ¿Es que la fiesta es de disfraces? Eso desde luego explicaría la cantidad de chicas con aspecto de golfillas que hay desfilando por aquí, incluida tú.

Liliana apretó los labios.

–¿Sabes, Izar?, debes de ser un hombre bastante mezquino e infeliz para hablar así.

–Lo que sé es que soy tu tutor, que has estado mintiéndome, y que has estado usando un nombre falso como si pensaras que eso te hace invisible e inmune a los paparazzi y a todos los que podrían intentar aprovecharse de ti –le espetó él. Sus palabras hicieron parpadear a Liliana–. Harías bien en preocuparte menos por mi felicidad, y más por tu pellejo.

–Sí, claro, te prometo que dentro de tres meses me echaré a temblar cuando reciba una carta tuya sermoneándome por eso –respondió ella con sarcasmo, como si no fuese consciente de la gravedad de la situación.

–Cuidado con lo que dices, Liliana.

Ella resopló y le contestó:

–No te tengo miedo.

–Entonces es que eres aún más tonta de lo que pareces.

Liliana frunció el ceño, se irguió y cruzó los brazos, haciendo que se le fueran los ojos a sus senos. Pero... ¿qué le estaba pasando?, se reprendió de nuevo. Era su tutor legal...

–Te dije que te cortaría las alas si me dabas el más

mínimo problema –le recordó, y ya sí que estaba empezando a resultarle difícil no levantar la voz–. Pues felicidades. Has durado aquí más de lo que creí que durarías, pero se acabó.

–Tenía dieciocho años cuando me dijiste eso, y acababa de matricularme en la universidad –puntualizó ella–. Y lo que dijiste fue que me sacarías de allí si me veía envuelta en algún escándalo. Para tu información, no me he metido en ningún lío en todo este tiempo, y que yo sepa, no le he causado ningún daño a la imagen de tu preciada compañía. Puedes respirar.

Cuando volvió a hablar, la voz de Izar era tan cortante como el viento invernal que soplaba fuera.

–Sigo siendo responsable de ti, te guste o no. Y eso implica que no puedes vivir desprotegida en un barrio de mala muerte como este, por muy bohemia que te consideres. Eres demasiado rica para estos jueguecitos.

–Yo no tengo nada de bohemia –replicó ella riéndose, como si le hubiese sonado a chiste.

–En eso estamos de acuerdo. Una cosa es que te ocultaras tras un nombre falso cuando estabas en la universidad, pero ya no lo estás, Liliana. ¿Cuánto tiempo pensaste que le llevaría a alguien descubrir quién eres y utilizarlo en tu contra? Y que te quede claro, cuando digo «en tu contra» quiero decir en contra de la compañía, o, lo que es lo mismo, en mi contra.

Liliana sacudió la cabeza, como si lo que estaba diciendo fuera ridículo.

–Me mudé aquí hace cinco meses, y hasta ahora el único indeseable que me ha descubierto has sido tú.

–Ahí es donde te equivocas –apuntó él, y la vio ponerse tensa–. ¿Por qué crees que estoy aquí?

–Me imagino que porque disfrutas pisoteando mis sueños y arruinando mi vida. Lo habitual, vamos.

–Sí, claro, por eso mismo –masculló Izar, que estaba a punto de perder los estribos–. Por eso, y porque el otro día una sanguijuela, un reportero de esa basura de prensa sensacionalista, me dijo que pretendía publicar un mezquino artículo sobre cómo me había quedado con la compañía y me había desentendido de la heredera de mis socios, relegándola a vivir en la pobreza en un sitio mugriento. Yo le aseguré que eso era imposible, que nadie describiría la casa de tus padres en Greenwich Village como un «sitio mugriento». Imagínate cuál sería mi sorpresa al descubrir que no estabas viviendo allí, como me habías dicho al terminar tus estudios. Y por escrito. Me has obligado a buscarte, a venir a este lugar. Y lo de «mugriento» se queda corto.

Liliana resopló y puso los ojos en blanco como si fuese un pesado.

–Esa heredera puede irse al infierno –respondió, dando un manotazo en el aire–. Y tú también.

Izar se fijó en que se tambaleaba ligeramente y recordó que al verla entrar le había parecido que estaba algo colorada.

–Liliana... –dijo entornando los ojos–. ¿No estarás borracha?

–Por supuesto que no –replicó ella. Fue hasta el escritorio y plantó allí, con un aire muy teatral, la copa vacía que tenía en la mano–. Puede que me haya tomado un par de copas, pero soy mayor de edad. Y aunque estuviera borracha, tampoco es asunto tuyo.

–Ya lo creo que lo es. Todo esto es inaceptable

–murmuró Izar, sacudiendo la cabeza–. Confiaba en ti...

–No, nunca has confiado en mí –replicó Liliana, dándole la espalda.

Hubiera preferido que no lo hiciera. El vestido que llevaba dejaba buena parte de la espalda al descubierto, y su piel era tan tersa y parecía tan suave... «¡Basta!», se reprendió una vez más, cortando esos pensamientos.

–Nunca –continuó Liliana–. Lo único que has hecho siempre es darme instrucciones que esperas que obedezca sin rechistar. No es problema mío que no te hayas dado cuenta hasta ahora de que no soy tan dócil y débil como querrías que fuera. Es lo que pasa cuando te desentiendes de alguien durante una década –se volvió hacia él con una mirada sombría y añadió–: Disfruta mientras puedas de tu poder, Izar. El tiempo se agota: solo te quedan dos años para seguir dándome órdenes.

–Esta conversación ha terminado –dijo él tajante–. Nos vamos ahora mismo, así que te sugiero que metas en una maleta lo que necesites antes de que pierda la paciencia y te saque de aquí con lo puesto.

Liliana no se movió de donde estaba.

–Ya no tengo doce años –le recordó con ojos relampagueantes–. No voy a agachar la cabeza como un corderito y a dejar que me recluyas en otra prisión porque te exaspera mi forma de vivir. Puede que tengas el control sobre la compañía, y sobre mi herencia, pero ya no controlas mi vida.

Izar apretó los dientes.

–Cuidado, Liliana. Depende de mí determinar si

cuando cumplas los veinticinco años estarás preparada o no para recibir esas acciones. Y, si considero que no lo estás, puedo retenerlas otros cinco años. ¿O es que no te molestaste en leer la letra pequeña del testamento?

–¿Eso es una amenaza? No sé por qué no me sorprende, pero me da igual. Puedes lanzarme todas las amenazas que quieras; no dejaré que vuelvas a encerrarme en otra prisión.

–Estupendo, sigue así, ya solo te falta la rabieta de niña malcriada –le contestó él, encogiéndose de hombros–. No te va a servir de nada: nos vamos de aquí –añadió sacando el móvil del bolsillo.

Acababa de seleccionar en la agenda el número de su chófer y se había llevado el aparato al oído, cuando, para su asombro, Liliana avanzó hacia él y le dio un manotazo al móvil, que salió volando, cayó al suelo de madera y patinó, desapareciendo bajo la cama.

Por un momento los dos se quedaron allí plantados, mirándose fijamente. El pecho de ella subía y bajaba, distrayéndolo, y sus ojos brillaban con fiereza.

–Eso... no ha sido muy inteligente por tu parte –le dijo Izar entre dientes.

–No quiero irme de aquí –le espetó ella con pasión–. Dentro de un par de años tendré que ocupar el lugar que mis padres querían que ocupara en la compañía, pero hasta entonces quiero ser normal. No quiero vivir en una pecera. No quiero que todo el mundo analice cada uno de mis movimientos y cómo me vista como si fuera asunto suyo. Quiero vivir como una persona normal, quejarme toda la semana de mi trabajo, salir por ahí con mis amigas o pasarme toda la tarde del domingo viendo la televisión. ¿Qué hay de malo en eso?

Una voz distante le decía a Izar que debería dar un paso atrás, alejarse de aquella tentadora criatura en que Liliana se había convertido. El aroma de su sutil perfume lo envolvía, y se encontró ansiando cosas imposibles. Se moría por asirla por los brazos desnudos, para saber si su piel era tan suave como parecía, por inclinar la cabeza y probar esos labios carnosos...

–Entiendo cómo te sientes –le dijo–, pero no tienes esa opción.

–Es mi vida; debería ser yo quien decidiera.

–Tal vez. Pero hasta que cumplas los veinticinco años soy yo quien toma las decisiones.

–Eso no es...

–¿No te das cuenta de que esto no te va a funcionar, Liliana? –la cortó él–. ¿De verdad crees que desafiándome vas a conseguir lo que quieres?

–¿Y qué tengo que hacer para conseguirlo? –quiso saber ella.

No debería haber tenido tantas contemplaciones con ella, se dijo Izar, debería haberla sacado de allí nada más llegar. No debería haberse puesto a conversar con ella, ni debería haberla escuchado. Y no debería haber... Sus ojos descendieron a sus labios, como si no pudiese contenerse... o detenerse.

–Ah... –musitó ella, mirándolo con los ojos muy abiertos.

Era como si hubiese tenido una revelación, como si acabase de comprender algo.

–Ya entiendo... Miel, no vinagre –murmuró enigmática–. Debería haberme dado cuenta antes... –añadió avanzando hacia él–. Porque, en realidad, el gran y terrible Izar Agustín no es tan duro como parece; no es más que una pose...

Cuando se abalanzó sobre él de repente, apoyando las manos en su pecho, Izar la agarró por los brazos. Había sido un acto reflejo, se dijo, y lo había hecho para apartarla, pero no la apartó. Su piel era tan suave como se había imaginado... Una auténtica llamarada de calor lo envolvió y, antes de que pudiera reaccionar, Liliana se puso de puntillas y apretó sus labios contra los suyos.

Capítulo 3

BESAR a Izar fue como saltar desde un escarpado acantilado a un mar de aguas heladas. Primero sintió como una descarga de adrenalina, la que le habría provocado tan vertiginosa caída, y luego la misma impresión que le habría causado la gélida temperatura del agua. Sus labios devoraban impenitentes los suyos y el firme y musculoso pecho bajo sus manos irradiaba calor.

Si hacía un momento se había sentido algo aturdida por el efecto del alcohol, de pronto era como si volviese a estar completamente sobria, y no acertaba a entender qué diablos estaba haciendo.

Cuando sus labios se separaron se quedaron allí plantados, inmóviles, como si se hubiesen convertido en estatuas de piedra. A Liliana el corazón le palpitaba como si quisiera salírsele del pecho.

Toda su vida pareció pasar ante sus ojos en un instante. Y la mayor parte de ella giraba en torno a aquel hombre tan frustrante de mirada implacable, cuyas grandes manos la asían por los brazos en ese momento.

Se estremeció por dentro. Pero ¿en qué estaba pensando? ¿Cómo podía habérsele ocurrido ponerse a flirtear con Izar, abalanzarse sobre él? ¿Es que se había vuelto loca? Estaba segura de que la arrojaría dentro de una estrecha y oscura celda en algún lugar remoto y que jamás la dejaría salir. Y eso con suerte, porque para colmo le había tirado el teléfono móvil al suelo y tal vez hubiese quedado inservible, pensó, cada vez más tensa. Si de verdad había un Dios, tal vez se apiadaría de ella y haría que se la tragase la tierra, o que cayese fulminada en ese mismo momento. Pero nada de eso pasó, porque Izar la atrajo aún más hacia sí y tomó las riendas.

En cuanto la besó de nuevo, deslizando la lengua entre sus labios, sintió que estallaba en llamas. Sus senos habían quedado aplastados contra el torso de Izar, y se encontró rodeándole el cuello con los brazos y respondiendo al beso.

Enredó los dedos en su corto cabello oscuro, y pensó que le daba igual acabar abrasada por ese fuego que la consumía. No quería que aquel instante terminase. Se arqueó hacia él ansiando más, suplicando más...

Por fin todo tenía sentido, su vida tenía sentido. Las largas tardes que había pasado buscando fotografías de Izar en Internet, su relación a distancia, tensa y atormentada, con él, y esas cartas infrecuentes que habían proyectado alargadas sombras en su vida durante los últimos diez años. De pronto parecía tan obvio que todo aquello los había llevado a ese momento, al regocijo de sentir sus labios contra los suyos, alentándola a responder, arrancándole gemidos, haciéndola estremecerse... Casi le parecía que se moriría si no podía sentir el roce abrasivo de su barba de un día en cada centímetro de su piel.

Era como si hubiese vivido todo ese tiempo en la oscuridad sin darse cuenta de que había una puerta cerrada esperando a ser abierta. Y los besos de Izar abrían esa puerta de par en par, dejaban pasar la luz, y esa luz estaba rebosando en su interior.

Cuando Izar puso fin al beso y la apartó de sí, sus ojos negros refulgían y sus arrogantes labios formaban una fina y severa línea. Su respiración sonaba agitada, como la de ella. Mientras trataba de recobrar el aliento, Izar, que estaba mirándola con los ojos entornados, maldijo entre dientes.

–Esto no puede estar pasando –mascullό.

–Pues ya ha pasado –apuntó ella.

Las manos de Izar le apretaron con fuerza los brazos antes de que la soltara y las dejara caer.

–Esto es inadmisible –dijo pasándose una mano por el cabello–. Soy tu tutor...

–Es verdad, ¡qué pervertido! –lo provocó Liliana–. ¿Cómo podrás soportar volver a mirarte en el espejo?

Izar volvió a apretar los labios.

–Esto no es un asunto para tomarlo a risa.

–¡Ah, perdóneme, Su Señoría!

Izar la miró furibundo, pero ella no se amilanó. No sabía a qué se debía ese repentino arrojo. Quizás hubiese bebido de más, pero ya no se sentía achispada. Lo único que sabía era que el cosquilleo que corría por sus venas era magia, que era el origen de ese oscuro y delicioso deseo que no comprendía del todo, y que nunca antes había sentido nada igual. ¿Quién quería sufrir los torpes besos de los universitarios cuando podía tener aquello?

–Tutor, pupila... ¿Qué importancia tienen ya esas

palabras? –le preguntó. Ella lo veía tan claro...–. No son más que palabras. No puede decirse precisamente que hayas sido una figura paterna para mí, ni mucho menos –observó. Seguía sin saber de dónde le venía esa repentina capacidad de dirigirse a Izar como si fuera cualquier otra persona, incluso de plantarle cara–. Siempre has evitado que tuviéramos ninguna relación.

–Ve a por tu abrigo; hace frío fuera –le dijo él furioso.

O quizá el que estuviera tan tenso no se debiera a un sentimiento de ira. Quizá fuera algo más primario. Quizá fuera lo mismo que sentía ella agitándose en su interior.

–Está bien –respondió obediente.

Porque eso era lo que Izar esperaba de ella: la obediencia inmediata de una colegiala. Solo que ya no era una colegiala, por más que él se empeñara en tratarla como tal. Por eso, en vez de malgastar saliva, agarró con ambas manos el dobladillo de su corto vestido y se lo sacó por la cabeza. Oyó a Izar aspirar bruscamente por la boca cuando lo arrojó a un lado, pero aún no había terminado. Se quitó las horquillas del pelo, sacudió la cabeza, dejando que la rubia melena le cayera sobre los hombros, y se quedó allí plantada, frente a su tutor, vestida tan solo con sus botas altas y unas minúsculas braguitas de color teja.

Izar parecía... atormentado. Y paralizado y hecho un lío al mismo tiempo. El músculo de la mandíbula le palpitaba, y sus ojos, clavados en ella y más oscuros que nunca, la miraban de un modo tan intenso que sintió cómo se le endurecían los pezones.

–Vuelve a ponerte ese vestido. Ahora –le ordenó.

Parecía aún más furioso que antes. Liliana no acababa de entender por qué estaba haciendo lo que estaba haciendo; solo sabía que, si hacía lo que él le decía, si dejaba pasar la ocasión, lo lamentaría siempre. Y ya tenía bastantes cosas por las que lamentarse. Además, era su cumpleaños.

Así que, en vez de obedecerle, avanzó de nuevo hacia él. Le pareció muy revelador que Izar se quedara mirándola y no le ordenara que se detuviera. Ni siquiera cuando, ya frente a él, alargó una mano para trazar con el índice el intrigante bulto que se percibía bajo la cremallera de sus pantalones oscuros. La mirada furibunda de Izar la hizo estremecer, y tuvo la impresión de que, si hubiera podido, la habría reducido a cenizas con ella.

–Liliana...

El tono de Izar era una advertencia de que no siguiera, pero su voz sonaba ronca, así que usó la palma entera para palpar a través de la tela del pantalón su miembro, que estaba duro como el acero, y aunque él no estuviera tocándola también, notó un cosquilleo, como una agitación que surgía de lo más hondo de su ser. «Deseo...», pensó, al sentir cómo la recorría, punzante, ávido... Sí, era deseo: puro, descarnado... El deseo que sentía por Izar.

–¿Y qué hay de lo que yo quiero? –le preguntó. Le sorprendió oír esa misma ansia en su voz–. ¿Qué daño haría que para variar hiciésemos lo que yo quiero, solo por esta vez? Es mi cumpleaños.

Una expresión intensa relumbró en los ojos de Izar, que maldijo entre dientes y tomó su rostro entre ambas manos, escrutándolo en medio de un tenso silencio. Liliana deseó poder saber qué estaba buscando, qué veía en sus facciones.

–Habrá consecuencias –dijo Izar finalmente.

–Siempre hay consecuencias –replicó ella en un susurro–. ¿A quién le importa?

Los pulgares de Izar le acariciaban los pómulos con un movimiento tan lento y suave que Liliana se preguntó si no lo estaría haciendo sin siquiera darse cuenta. No sabía muy bien qué la empujaba a hacer lo que estaba haciendo, ni por qué se mostraba tan segura de sí misma, pero mientras frotaba su mano contra el miembro cálido y endurecido de Izar, tenía la sensación de que se moriría si también le negaba aquello. Solo quería poder experimentar lo que muchas otras chicas de su edad ya habían experimentado; chicas que, a diferencia de ella, virgen a sus veintitrés años, no habían pasado buena parte de su vida encerradas en una jaula dorada.

–Cuando te arrepientas de esto, te recordaré esas palabras –gruñó Izar, antes de tomar sus labios de nuevo.

Y Liliana se lanzó de cabeza al fuego.

Si iba a dinamitar su vida, pensó Izar con una temeridad que jamás hasta entonces se había permitido, ¿por qué no hacerlo a lo grande?

Despegó su boca de la de Liliana y la asió por los hombros, apartándola un poco de sí para devorarla con los ojos. Nunca se borraría de su mente aquella imagen de ella, vestida únicamente con unas braguitas y unas botas tan sexys que deberían estar prohibidas. Por no hablar de la melena dorada que caía en desorden sobre sus hombros, o de sus perfectos y pequeños senos, con esas areolas de un rosa oscuro y los pezones endurecidos.

Volvió a atraerla hacia sí, le quitó la mano de su miembro antes de que acabara perdiendo por completo el control, y volvió a besarla, una y otra vez. Devoraba su boca como si durante toda su vida no hubiese soñado con otra cosa más que con ese momento. Era como si se hubiese convertido en un extraño; ya no se reconocía a sí mismo.

De hecho, pronto descubrió que, con sus labios contra los de Liliana y sus manos recorriendo su esbelto cuerpo, el que aquello fuera un error no le importaba como se suponía que debería hacerlo. Al contrario; lo único en lo que podía pensar en ese momento era en ahondar en aquel error. Y ahondar en él todo lo posible.

Si iba a hacer aquello, quería hacerlo bien. Quería hacerla suya en cuerpo y alma, aunque no quería pararse a analizar el porqué.

Hizo que Liliana se sentase en el borde de la cama y se quedó allí de pie mirándola, saboreando cada segundo de aquello que no debería estar pasando, y maravillándose una vez más de cómo su pequeña pupila se había convertido en una auténtica belleza. Era sencillamente perfecta. Si hubiese confeccionado una lista con todo aquello que consideraba atractivo en una mujer, el resultado habría sido Liliana: sus pechos firmes, sus caderas redondeadas, sus piernas interminables...

Una sonrisita tonta adornaba sus carnosos labios, como si estuviese encantada con aquel terrible error. Y en cuanto a él... era como si jamás hubiese deseado a otra mujer, como si no hubiese más mujeres que ella sobre la faz de la tierra o las hubiese habido antes de ella. Aquel pensamiento debería haberlo alarmado, pero Izar lo ignoró.

Se quitó el abrigo, lo arrojó sobre el escritorio y, aunque apenas tardó un par de minutos en quitarse el resto de la ropa, se le hizo eterno al ver cómo los ojos azules de Liliana se agrandaban un poco más con cada prenda de la que se desprendía.

–¿Me quito... me quito también las botas? –le preguntó ella.

El titubeo de su voz no hizo sino excitarlo aún más. Aquello era una agonía.

–¿Te he dicho yo que te las quites?

Liliana se puso roja como una amapola y tragó saliva. Dios del cielo... Aquello era peor de lo que se había imaginado: era virgen...

Estaba seguro de que había razones por las que eso debería haber hecho que se detuviera, pero en ese momento no se le ocurría ninguna. Y estaban las consecuencias que había mencionado, pero tampoco conseguía recordar cuáles eran. No con ella esperando ante él, tan preciosa, mirándolo como si solo tuviera ojos para él. No, no iba a ponerse a pensar en las razones por las que no deberían hacer aquello, ni en las consecuencias que tendría; esa noche, Liliana era suya.

Cuando estuvo completamente desnudo, permaneció frente a ella y dejó que sus ojos hambrientos recorrieran su cuerpo. Y fue tan arrogante como para reírse al ver su asombro cuando su mirada alcanzó su miembro erecto. Las mejillas de Liliana se arrebolaron, y el rubor se extendió por su torso hasta llegar a sus hermosos senos.

Ya no le importaba que aquel edificio cochambroso lo irritara, que aquella habitación le recordase a la celda de una prisión, ni que él fuese Izar Agustín y ella Liliana Girard Brooks. Podría llevarla a cualquiera de los muchos hoteles de cinco estrellas que había en Manhattan, donde estarían mucho más cómodos, y en un entorno mucho más apropiado a su condición social, pero Liliana estaba prácticamente desnuda, mirándolo como un cachorrito sin dueño, y él se sentía incapaz de esperar ni un segundo más.

Así que dejó de pensar, de cuestionarse nada. No tenía sentido hacerlo. Solo existía el presente, se dijo yendo hacia ella. Se sentó a su lado, la tomó entre sus brazos y se dispuso a ceder a la tentación. Ya no le importaba lo que pudiera pasar. Iba a sucumbir al deseo aunque los dos acabasen abrasados.

Izar era como un torbellino: implacable y tempestuoso, y Liliana estaba disfrutando de cada momento. La había tumbado en la cama y se había colocado a horcajadas sobre ella. Parecía un gigante que se alzara sobre ella apoyándose en las manos y las rodillas.

Su torso era igual que el de una estatua griega y solo de mirarlo se le estaba haciendo la boca agua. Se moría por frotar su rostro contra los duros músculos pectorales y aspirar el aroma de Izar. De hecho, aunque había mil cosas que quería hacerle, le daba vergüenza hasta pensarlo. Eran cosas con las que solo se había atrevido a fantasear por las noches, entre las sábanas, mientras recordaba las últimas fotografías que había visto de él en Internet.

Pero entonces Izar empezó a besarla de nuevo, de un modo tan lento y sensual que pronto sintió como si sus articulaciones se hubiesen vuelto de gelatina y se encontró aferrándose a sus grandes bíceps. Los labios de Izar dejaron su boca, y lo oyó reírse cuando gimió a modo de protesta. Dedicó la misma atención a la línea de su mandíbula y a su cuello, descendiendo beso a beso. No parecía darse cuenta de que estaba retorciéndose ansiosa debajo de él, suspirando su nombre. Si acaso, lo único que hizo fue ir más despacio.

Izar alcanzó uno de sus pechos y comenzó a explorarlo con los labios, la lengua, los dientes y con sus fuertes y hábiles manos, haciéndola estremecerse de placer, haciéndola enloquecer. Solo paró cuando ella, presa de aquel frenesí, empezó a tirarle del pelo como si se lo quisiera arrancar, y fue únicamente para devorar del mismo modo su otro seno, como dándole a entender que haría con su cuerpo lo que se le antojara.

Su lengua descendió por su abdomen, dibujando arabescos y dejando a su paso un reguero de fuego que recorrían después sus manos traviesas. Todas las terminaciones nerviosas de su cuerpo estaban alborotadas, y se sentía como la cuerda de un arco, tensada al límite.

Le faltaba el aliento, y eso que la lengua de Izar solo estaba jugueteando con su ombligo. Se sentía como si se fuera a morir de tanto placer, pero él, que parecía ajeno a sus gemidos y al modo en que se estremecía todo su cuerpo, siguió bajando hacia sus piernas.

Cuando se las abrió, Liliana sabía lo que estaba a punto de hacer. Había soñado con ello. Pero sus fantasías no la habían preparado para algo así: el fuego de los ojos de Izar cuando alzó la vista hacia ella, la sonrisa cruel que se dibujó en sus labios... y las sensaciones que vendrían a continuación.

Sin quitarle las braguitas, comenzó a dibujar círculos lentamente con un dedo contra su clítoris hinchado, y Liliana se sintió como si se precipitase al vacío en una brusca caída. Izar siguió jugando con ella, trazando dibujos imaginarios con la yema del dedo, y deslizándolo de cuando en cuando por debajo del borde de las braguitas para acariciarla. No podía soportar tanto placer, pero quería más. Estaba temblando como una hoja. Se arqueó contra su mano, y protestó con un gemido cuando Izar la inmovilizó, sujetándola por las caderas.

–Por favor... –le suplicó sin apenas reconocer su propia voz–. Por favor...

Pero él no se apiadó, sino que se lo tomó con calma y continuó atormentando con sus dedos esa parte de su cuerpo que notaba cada vez más húmeda y caliente. Liliana sentía que iba a perder la razón, y sacudía la cabeza de un lado a otro sobre la almohada. Solo cuando a él le pareció introdujo uno de sus largos dedos dentro de ella, donde nadie antes había estado. Nadie. Jamás.

Izar farfulló algo en español y, cuando apartó la mano, Liliana protestó con un nuevo gemido.

–Lo sé –murmuró él–, lo sé...

Volvió a inclinarse sobre ella, tiró con el pulgar de las braguitas para apartar un poco la tela, y, cuando se puso a lamerla, Liliana estalló, como una bombilla se hace añicos al caer al suelo. La lengua de Izar no dejaba de moverse, de saborearla, de torturarla... Volvió a introducir el dedo en su interior y empezó a meterlo y sacarlo una y otra vez sin dejar de lamer sus pliegues húmedos. Los músculos de Liliana estaban cada vez más tensos mientras se arqueaba hacia él, abandonándose por completo a las sensaciones que estaba experimentando. Fue entonces cuando estalló de verdad, una y otra, y otra vez...

Cuando volvió a bajar a la tierra estaba jadeante y él, que se había incorporado, estaba quitándole las botas. Arrojó primero una al suelo y luego la otra, y después le bajó las braguitas y se deshizo también de ellas.

Ella, entretanto, no podía hacer otra cosa más que permanecer allí tendida y observarlo mientras hacía lo que quería con ella, embelesada como estaba por la belleza y la virilidad de su cuerpo, además de sobrecogida aún por los coletazos del intenso orgasmo que acababa de sacudirla; su primer orgasmo.

Izar volvió a colocarse sobre ella y el sentir el abrasador calor de su cuerpo la hizo suspirar de placer. Tomó su rostro entre ambas manos, mirándola a los ojos, con su duro miembro contra esa parte de ella que estaba tan húmeda y tan caliente. Se sonrojó, azorada, pero Izar se limitó a sonreír.

–Solo te dolerá un momento –le dijo.

Liliana esperaba que le doliese, desde luego, y no

solo porque él lo hubiera dicho, sino porque eso era lo que había oído siempre, que dolía muchísimo. Se suponía que era algo casi traumático. Un dolor espantoso, una agonía, algo que te desgarraba por dentro... Pero, extrañamente, no le dolió apenas.

Frunció el ceño, contrariada, y él, que la vio, le preguntó:

–¿Te hago daño?

–No –contestó ella. Era una sensación irreal, tener a Izar encima de ella, desnudo, y sentirlo dentro de sí, tan adentro. Irreal y excitante–. Se supone que debe doler, y que el dolor es horrible, pero la verdad es que no...

Y entonces Izar se movió. Sacó su miembro lentamente, solo un poco, y volvió a hundirse en ella. Apenas había empujado las caderas contra las de ella, pero una oleada de calor se extendió al instante por todo su cuerpo. Fue como si aquel ligero movimiento hubiese despertado terminaciones nerviosas que ni siquiera sabía que tenía, y se arqueó hacia él pidiendo más.

Izar empezó a balancearse sobre ella, estableciendo un ritmo suave y observándola atento mientras ella lo imitaba, aprendiendo cómo moverse al unísono con él para incrementar el salvaje placer que le provocaban sus embestidas. Era más erótico que cualquiera de las fantasías que había tenido con él.

Izar empezó a mover las caderas más deprisa y bajó la cabeza para tomar sus labios con pasión, haciéndola suya, como si estuviese marcándola a fuego. Liliana se entregó por completo a aquel sensual baile, a aquel alocado tango que le cortaba el aliento a cada instante.

En su mente, entretanto, reinaba el más absoluto caos. Por un lado estaban los sentimientos encontrados que Izar había despertado en ella a lo largo de esos diez años, en la distancia, esa maraña confusa a la que ella había puesto la etiqueta de «odio», porque era algo más digerible y fácil de entender que intentar desentrañar esos sentimientos. Y luego estaba el anhelo que había ido acumulando en su interior todo ese tiempo. Era como si se hubiese estado reservando para él, para ese momento. Y estaba siendo más increíble de lo que jamás se había atrevido a imaginar.

Izar deslizó las manos por debajo de ella, levantándole las caderas, y empezó a moverse todavía más deprisa mientras le susurraba al oído cosas en español que ella no entendía. Y, cuando al poco rato notó cómo una sensación palpitante, enloquecedora, se apoderaba de ella, creyó que no iba a poder resistir tanto placer.

Con una certera embestida, Izar la llevó al éxtasis, que fue como un estallido de color, como una brutal llamarada que lo arrasara todo y la lanzara al infinito. Por fin...

Lo último que recordaría después, antes de abandonarse a aquellas increíbles sensaciones, era el modo en que él había gritado su nombre antes de que también le sobreviniera el clímax.

Capítulo 4

CUANDO Liliana se despertó, Izar ya se había vestido y estaba de pie junto a la ventana. Había recuperado su teléfono de debajo de la cama y estaba tecleando en él con el ceño ligeramente fruncido. Volvía a tener ese aire intimidatorio, molesto y distante. Si no fuera porque estaba en la cama, y desnuda, creería que se había caído, dándose un golpe en la cabeza, y que lo que había ocurrido entre ellos había sido solo un sueño.

Se dijo que no le importaba que Izar hubiera tornado de nuevo a su gélido estado habitual, que era mejor haber vuelto directamente a la realidad. La desazón que sentía seguramente se debía solo a que se había hecho expectativas tontas que no debería haberse hecho.

Se incorporó despacio. Se notaba doloridas partes del cuerpo de las que hasta entonces apenas había tenido conciencia, pero por fin ya no sería la rara en su grupo de amigas, la que se había mantenido virgen todo ese tiempo.

Por una vez en su vida había conseguido lo que quería. Debería sentirse feliz, pero la Liliana despreocupada y atrevida que había estado fingiendo ser toda la noche parecía haberla abandonado.

Alargó el brazo para tirar de la colcha y taparse, porque de repente le daba vergüenza seguir desnuda cuando Izar ya se había vestido. Pero él debió de oírla moverse, porque alzó la vista y sus ojos se encontraron. Liliana vaciló. Quería taparse, pero no quería que él pensara que se avergonzaba de su cuerpo o que se sentía incómoda.

Aun así, estaba segura de que se había puesto roja como un tomate, porque le ardían las mejillas y sintió que un cosquilleo de nervios se extendía por su cuerpo. A Izar, en cambio, se le veía impertérrito, frío y desprovisto de toda emoción, como siempre, igual que un campo cubierto de nieve recién caída.

–Vístete –le ordenó.

Costaba imaginar que aquel era el mismo hombre que se había entregado con ella a la pasión momentos antes.

–Estaba pensando en darme un baño –balbució Liliana.

–Pero no vayas a ponerte eso que llevabas antes –continuó Izar, como si ella no hubiera hablado–. Ponte algo más acorde con una mujer de tu clase; algo apropiado.

Liliana habría querido desobedecerle, solo por fastidiarle, pero la alternativa de quedarse en la cama, desnuda y a su merced, no la seducía demasiado. Apretó los dientes y se bajó de la cama. Sentía ganas de tirarle algo, de decirle algo cortante sobre su comportamiento, pero se contuvo.

No sabía qué le dolía más, si que estuviera dándole órdenes, como si nada hubiese cambiado después de lo que acababan de hacer, o el modo en que la ignoraba.

Entró en el pequeño vestidor y recorrió con la mirada las prendas colgadas en las perchas y dobladas en las baldas, intentando dilucidar a qué se refería Izar cuando le había dicho que se pusiera «algo apropiado».

Por un instante consideró seriamente ponerse un bikini y unas sandalias de tacón de aguja, solo para hacerle rabiar, pero luego pensó que ya había traspasado bastante los límites por un día. Finalmente se decidió por unos pantalones de pana, su jersey favorito, que además era bastante clásico y discreto, y unas botas menos llamativas, y se recogió el cabello.

Cuando salió del vestidor, Izar, que ya había guardado el móvil, la miró de un modo tan intenso que el corazón le palpitó con fuerza y un cosquilleo la recorrió. Era como habría querido que la hubiese mirado antes, cuando se había despertado, pero en ese momento habría preferido que continuara ignorándola.

–¿Satisfecho? –le preguntó en un tono lo más brusco posible, para distraer su atención del rubor de sus mejillas. Puso los brazos en cruz–. ¿Paso la prueba de Izar Agustín?, ¿ya no te parezco una prostituta?

–No tiene nada que ver conmigo; se trata de ti, de quién eres.

–Quizá la heredera Girard Brooks quiera ser conocida por sus estilismos arriesgados. O por no preocuparse por esas cosas y ponerse ropa normal, como la que lleva la gente de a pie.

–Pero no es lo que yo quiero –replicó Izar. Cuando ella lo miró furibunda, suspiró y añadió–: Eres la propietaria de la mitad de las acciones de una de las casas de alta costura más importantes del mundo. Tus apellidos son sinónimo de lujo y buen gusto; tu forma de vestir debe ser impecable. No puedes permitirte imitar esas horrendas modas que tus amigas creen que son lo más. Tú no sigues modas: eres Liliana Girard Brooks y debes ser tú quien las dicte. Y es hora de irnos –concluyó señalando la puerta con un movimiento de cabeza.

La costumbre de acatar sus órdenes hizo que Liliana abriera la puerta y pasase al dormitorio vacío de Kay, pero al llegar a la otra puerta, que daba al de Jules, se paró en seco y se volvió hacia él.

–Espera un momento –le dijo–. ¿A dónde se supone que vamos?

–Tú camina –la urgió él impaciente. Abrió la puerta y, poniéndole una mano en la cintura, casi la empujó para que saliera–. No voy a pararme a discutir mis planes contigo en este cuchitril –le siseó.

Atravesaron la habitación en penumbra de Jules. En la cama se oían ronquidos de varias personas y estaba segura de que Izar lo interpretaría de manera equivocada, como quedó patente por la mirada reprobadora que le lanzó cuando salieron al salón.

–¿Esa es la clase de gente con que te juntas? –le preguntó en un tono tan mordaz como su mirada–. ¿Es esta la clase de vida que quieres para ti?

Liliana no estaba dispuesta a dejar que juzgara a sus amigas sin conocerlas.

–¿Vas a echarme uno de tus sermones sobre la virtud y la moral? –le espetó–. ¿No te da miedo acabar ahogándote en tu hipocresía?

Izar se quedó muy quieto, recordándole esos bosques oscuros en los que acechaban los depredadores.

–Ve a por tu abrigo –le ordenó–. Nos vamos de aquí; ahora.

Liliana le sostuvo la mirada. Al fondo del salón se oía la televisión, y en la cocina se oían voces, como si allí también quedasen unos cuantos rezagados.

–No puedes obligarme a marcharme contigo –apuntó.

Los ojos negros de Izar relampaguearon. La agarró por la barbilla.

–Escúchame bien, Liliana –sus palabras parecían balas–: No voy a participar en tus juegos. Eres mía.

Al oírle esas dos últimas palabras, Liliana sintió como si un rayo la hubiese golpeado y se estremeció por dentro, embargada por una mezcla de sentimientos que no sabría describir.

Izar no había terminado:

–Y nada mío va a quedarse en este agujero –añadió entre dientes–. Si me obligas te sacaré yo de aquí a la fuerza, aunque grites y patalees.

Liliana no quería que se diera cuenta de cómo la habían afectado esas dos palabras: «Eres mía»... Probablemente no había pretendido que sonara posesivo, apasionado, como había sonado. Probablemente para él solo significaba que por ser su tutor, y ella su responsabilidad, la consideraba de su propiedad, como uno de sus coches, o una de las propiedades que tenía dispersas por el mundo.

–Te detendrán –le advirtió.

–¿Quién? –inquirió él con desdén, soltándole la barbilla–. ¿Esos chavales borrachos tras una noche de desenfreno? –preguntó, señalando con la cabeza al grupo de jóvenes que, tirados en los sofás y en el suelo, dormían la mona o miraban el televisor con aire ausente–. Lo dudo mucho; aunque pudieran levantarse. La elección es tuya: sal de aquí con un mínimo de dignidad, o te sacaré de aquí a rastras como a una niña enrabietada.

–Quiero saber a dónde vamos –insistió ella.

Los labios de Izar se curvaron en una sonrisa cruel, y Liliana comprendió, ya tarde, que el subconsciente la había traicionado y que de sus palabras se deducía una rendición implícita.

–Yo también quiero muchas cosas, pero la vida no es justa –le dijo él–. Así que prepárate para salir de aquí por tu propio pie, o a rastras.

Izar no dio tiempo a Liliana a escenificar más propuestas, por inútiles que fueran. En cuanto echó a andar hacia el vestíbulo, aunque furiosa, y hubo descolgado su abrigo del perchero, la agarró por el brazo, abrió la puerta y la hizo salir y bajar las viejas escaleras de madera, sin dejar que se despidiera o cambiara de opinión.

Para cuando llegaron a la calle, su furia inicial resurgió y llegó al punto de ebullición. Que hubiera estado viviendo en un sitio tan inseguro, que le hubiera mentido, que no pareciera tener la menor conciencia de quién era, de su lugar en el mundo, que se hubiese puesto a sí misma en la diana de aquel gusano, de aquel reportero de pacotilla...

–Te sugiero que no me hables hasta que hayamos salido de este barrio cochambroso y me haya olvidado de que existe –le dijo irritado cuando subieron al coche que estaba esperándolos.

Liliana debería agradecerle lo que había hecho por ella a lo largo de todos esos años, pero en vez de eso lo miró como si estuviese mordiéndose la lengua para no decirle unas cuantas cosas, y no precisamente amables.

–Te estás cubriendo de gloria –observó con sarcasmo.

–¿Como tutor, quieres decir? No podría estar más de acuerdo.

–No me refería a eso.

Izar se encogió de hombros.

–Ya te lo dije: todo tiene consecuencias.

Liliana lo miró como si fuera un pesado y apenas pudiera tolerar su presencia. ¡A él, de quien las revistas decían que era uno de los solteros más cotizados del mundo! Y allí estaba aquella chica de veintitrés años, que se había pasado media vida en un internado, queriendo hacerle creer que lo encontraba aburrido. Era tan indignante que casi resultaba cómico.

–Deberías haber mencionado que entre esas consecuencias estaba salir corriendo de mi apartamento en mitad de la noche con el frío que hace, cuando lo único que me apetecía era darme un baño caliente –respondió ella en un tono de lo más irrespetuoso.

Lo que se merecía eran unos buenos azotes, como la niña desobediente y respondona que era, pero Izar sabía que tenía que medir sus pasos. Lo tenía todo planeado, y se le había ocurrido cuando, después de hacerle el amor, ella se había quedado dormida. Después de haber fracasado de un modo tan estrepitoso en su responsabilidad hacia ella como tutor, solo podía tomar un camino.

No debería haberse acostado con ella, pero lo había hecho, y no podía hacer como si no hubiese pasado. Y Liliana no podía ser una más de sus conquistas. Era la heredera de la fortuna Girard Brooks, el mundo entero sabía que él era su tutor, y en un par de años dirigiría con él la compañía, como su igual.

La había tocado, la había poseído, la había desprovisto de su inocencia. Y eso implicaba que tendría que quedarse con ella, casarse con ella, hacerla suya en todos los sentidos. Aquello no había sido algo de una noche, ni un regalo de cumpleaños. No iba a poner en peligro el futuro que había dedicado toda su vida a preservar para ella. Sucumbir al deseo había sido una pésima decisión, pero no había vuelta atrás.

Tenía su gracia que, mientras que muchas mujeres se pondrían locas de contento ante la idea de casarse con él, hubiera ido a dar precisamente con la única que conocía que seguramente no tendría esa reacción cuando le diese la buena noticia. Más bien todo lo contrario. Pero siempre había hecho lo mejor para ella y aunque otras cosas hubiesen cambiado esa noche, eso no había cambiado.

Mientras el chófer los conducía a su aeródromo privado, donde esperaba su avión, y Liliana miraba por la ventanilla, visiblemente irritada, Izar escribió varios e-mails en su móvil a sus empleados. Haría que antes del amanecer sacaran todas y cada una de sus pertenencias de aquel cochambroso apartamento del Bronx, como si nunca hubiera estado allí. Eso evitaría que ningún reportero pudiera hacer las fotografías necesarias para una exclusiva que pudiera dañar su imagen. Borraría todo ese capítulo de su vida. Y para cuando comprendiese lo que estaba ocurriendo, estarían a bordo de su avión, lejos de allí, y sería demasiado tarde para que pudiese hacer nada al respecto.

–Hemos hecho el amor y te comportas como si nada –le espetó ella al cabo de un rato, girando la cabeza hacia él.

–Pues, hablando de comportamientos –respondió él, sin levantar la vista del móvil–, prefiero cuando te muestras dócil, obediente y callada a tener que volver a lidiar con esa criatura provocadora y maleducada con que me has obsequiado esta noche.

Liliana soltó una risa áspera.

–Ah, sí, claro... Esa criatura provocadora y maleducada es la razón por la que hemos acabado acostándonos –dijo con sarcasmo–. ¡Como si tú no me hubieses besado!

Izar guardó el móvil y la miró.

–¿Qué quieres, Liliana? –le preguntó en un tono gélido.

Ella parpadeó.

–No quiero nada. Es solo que... nos hemos acostado... Tú y yo... Lo hemos hecho... –volvió a girar la cabeza hacia la ventanilla–. Claro que para ti es algo habitual: todas esas mujeres que dicen en las revistas que eres un casanova..., así que puede que no seas consciente de lo que ha pasado esta noche, pero yo sí.

Izar, harto de su cháchara, cedió a un repentino impulso y la levantó para sentarla en su regazo. Liliana gimió sorprendida en un primer momento, pero no intentó apartarse, sino que acomodó mejor su trasero sobre él, provocándole una tortura exquisita que sabía que se merecía. Le rodeó el cuello con los brazos, y se quedó mirándolo de un modo solemne.

Izar la atrajo hacia sí y la besó una vez, y otra vez, y otra vez..., pero ahora que la había poseído los besos ya no bastaban. Era como intentar tomar solo un sorbo de champán. Deslizó la lengua dentro de su boca y la enroscó con la de ella. Pronto el beso se tornó ardiente y él quería aún más, pero no podía hacerle el amor en el asiento trasero de un coche. No cuando su primera vez había sido en aquel cochambroso apartamento. No sabía cómo podía estar siquiera planteándose hacérselo allí mismo, aunque un cristal tintado los separara del chófer. ¿Qué estaba pasándole?

No recordaba cuándo había sido la última vez que se había sentido así, al borde de perder el control, y mucho menos dos veces en una sola noche. No podía permitirlo; se negaba a permitir que nadie tuviera ese poder sobre él.

Sin embargo, hizo de aquel beso su penitencia: al menos le debía eso a Liliana. La besó de un modo sensual, haciéndola estremecerse contra él y retorcerse impaciente en su regazo. La besó como si tuvieran todo el tiempo del mundo, deleitándose en la fricción de su lengua contra la de ella, en el dulce calor de sus labios... La besó como debería haberlo hecho antes, como un buen hombre habría besado a una virgen, como una mujer hermosa se merecía que la besaran, con veneración. Podría pasarse la noche entera besándola.

A Liliana le faltaba el aliento cuando despegó finalmente sus labios de los de ella. Izar vio, a través de la ventanilla, que la ciudad había quedado atrás y que habían salido a los suburbios de la parte oeste; ya estaban cerca del aeródromo.

Miró a Liliana, que seguía con las mejillas arreboladas, aún acalorada por sus besos, y la bajó de su regazo, depositándola de nuevo en su asiento antes de sucumbir otra vez a la tentación. Sacó el móvil y se puso a mirar las noticias, pero no conseguía concentrarse en lo que estaba leyendo. No podía quitarse de la cabeza el dulce sabor de los labios de Liliana y se moría por volver a tenerla entre sus brazos.

Liliana miraba en silencio por la ventanilla. Mejor así, pensó. Así era como se había imaginado siempre que sería al crecer: callada, discreta, obediente. Esa era la Liliana que quería por esposa. Estaba seguro de que su comportamiento de esa noche había sido algo inusual y, aunque no lo lamentaba tanto como debiera porque había disfrutado haciéndole el amor, se negaba a resignarse a un matrimonio tempestuoso con una fierecilla belicosa solo porque podría ser bueno para sus negocios. Prefería achacar ese comportamiento atípico a que había bebido demasiado y a que le había dado demasiada libertad. En adelante la ataría más corto.

Los beneficios de casarse con la heredera de sus socios pesaban más que cualquier consideración ética respecto a su papel como tutor. Su unión consolidaría Agustín Brooks Girard, concentrando todo el poder en sus manos, y evitando que algún cazafortunas pudiera seducir a Liliana y quisiera hacerse con parte de la compañía por la que tanto habían trabajado.

Se aseguró que no había motivo para que no pudiera seguir tratando a Liliana como había hecho siempre, con el beneficio añadido de disfrutar de su delicioso cuerpo. Sería la esposa perfecta. Él no provenía de una familia aristocrática como ella, pero era tan rico que la gente se olvidaba de que había hecho su fortuna partiendo de cero. Cuando fuera con Liliana de su brazo sería como tener a su lado una rara gema, pulida y reluciente. De hecho, nada le iría tan bien a Agustín Brooks Girard como una boda de cuento de hadas con Liliana como imagen de la marca, luciendo uno de los exclusivos vestidos de novia y accesorios de la colección Girard. No sabía cómo no se le había ocurrido aquello antes.

Estaba felicitándose por su habilidad para cometer errores colosales que luego resultaban ser golpes de ingenio, cuando vio que por fin habían llegado al aeródromo. Tras salir del coche ayudó a bajar a Liliana, que miró a su alrededor confundida.

–Vamos –le dijo, tomándola de la mano y echando a andar hacia el jet privado que los esperaba.

Casi había creído que ella se limitaría a obedecer, como esperaba, cuando Liliana se paró en seco.

–¿A dónde vamos? –le preguntó una vez más–. ¿Vas a arrastrarme a otra prisión en medio de ninguna parte?

–Vamos a Saint Moritz –respondió él–. No está en medio de ninguna parte, ni mucho menos, y desde luego no es una prisión.

Tenía una villa cerca de la famosa estación de esquí, en los Alpes suizos, aunque todavía faltaba algo más de una semana para que empezara la temporada.

–Sabes esquiar, ¿no? –le preguntó–. Si no recuerdo mal, era uno de los deportes que ofertaba el internado al que te envié.

–No he esquiado desde entonces –respondió ella, frunciendo el ceño. Cuando él le tiró de la mano para que siguiera andando, no opuso resistencia, pero al rato insistió–: Y no puedo irme a Saint Moritz todo el fin de semana. Tengo cosas que hacer aquí.

Izar pensó que sería mejor no decirle que no iba a ser solo una estancia de fin de semana; ya se lo explicaría cuando estuvieran allí. Su asistente personal, a quien había encargado que supervisara el traslado de las cosas que Liliana tenía en el apartamento, se reuniría con ellos en el aeródromo para entregarle el pasaporte de la joven.

–Es tu cumpleaños –le recordó–. Seguro que puedes permitirte un capricho.

Habían llegado a la escalerilla del avión. Liliana se detuvo y se quedó mirándolo con el ceño fruncido, pero finalmente exhaló un suspiro y comenzó a subir los peldaños. Izar se dio cuenta de que había estado conteniendo el aliento cuando lo invadió una especie de alivio, como si le fuera en aquello algo más allá de lo que en realidad suponía para él: solo un buen negocio. Era completamente absurdo.

Ya dentro del lujoso aparato, sin embargo, Liliana miró a su alrededor con suspicacia antes de ocupar su asiento. Izar se puso tenso cuando sus ojos azules se posaron en él.

–¿Por qué finges que te preocupas por mí? –le preguntó–. Está empezando a inquietarme.

–Perdona, ¿qué has dicho?

–Desde esa nota brusca que me mandaste hace meses sobre mi cartera de inversiones, creí que no volvería a saber de ti por lo menos hasta la primavera.

El Izar al que conozco no me llevaría de viaje por mi cumpleaños. No es propio de ti.

–¿Tan desagradable soy? –inquirió él con ironía–. ¡Y yo que pensaba que esta noche te había convencido de lo contrario! Al menos en cierto modo.

Las mejillas de Liliana se encendieron, haciéndola parecer aún más exquisita y delicada, pero no apartó la mirada.

–Y como ya me he acostado contigo –añadió, continuando con su análisis–, es imposible que esto sea un torpe intento de seducción por tu parte.

–Hasta ahora ninguna mujer había empleado la palabra «torpe» para describir ninguno de mis actos, y mucho menos mis métodos de seducción –le respondió él con tirantez.

–Tú no seduces, Izar: tú apabullas y amenazas –replicó ella–. ¿Por qué ibas a perder el tiempo en seducir a una mujer cuando consigues lo que quieres con solo chasquear los dedos? No te culpo por ser una apisonadora.

Izar apretó la mandíbula. Estaba empezando a irritarlo... otra vez. Aquello era inadmisible.

–¿Cuándo te volviste tan respondona? –quiso saber–. Echo de menos a la Liliana ingenua y obediente. Si hubiera sabido que tu carácter había dado este giro, habría intervenido antes.

Liliana esbozó una sonrisa, pero no una sonrisa al uso, sino una mueca, sofisticada y burlona, digna de una rica heredera.

–Debería habértelo dicho antes: mi ingenuidad era solo fingida.

–Si lo que dices fuese verdad, no te sonrojarías tan

a menudo cuando te miro –apuntó él–. Pero si yo fuera tú tendría más cuidado: no tientes a la suerte.

Apartó la mirada de aquella criatura que tanto lo enervaba y en ese momento subió al avión su asistente que lo saludó con un asentimiento de cabeza, indicando que había hecho lo que le había pedido y llevaba consigo el pasaporte de Liliana. Izar respondió con otro asentimiento y le dijo que comunicara al piloto que ya podían despegar.

–Para mí esto no es ningún juego –le dijo Liliana con la cabeza gacha cuando se quedaron a solas–. Solo quiero comprender... Has estado evitándome durante una década, y ahora, de pronto, sin motivo aparente quieres pasar más tiempo conmigo.

–Ya te dije que lo que ha pasado esta noche tendría consecuencias. ¿Pensaste que bromeaba?

–Jamás me he tomado en broma nada de lo que me has dicho –replicó ella, alzando la vista–. Y esa frase tuya está empezando a sonarme a amenaza.

El avión empezó a rodar por la pista para despegar. ¿Por qué esperar para decirle lo que tenía en mente?, pensó Izar. Sonrió a Liliana, sorprendido por cómo estaba disfrutando con aquello –quizás más de lo que debiera–, y le dijo:

–Una de las consecuencias es esta: vamos a casarnos.

Capítulo 5

LILIANA se quedó mirándolo aturdida mientras el avión levantaba el vuelo y se dijo que era el despegue lo que la había dejado sin aliento, no el que Izar le hubiera pedido que se casara con él. De hecho, la sola idea era risible. Y no solo porque estuviese sentado frente a ella, escrutándola distante e intimidante como una de sus cartas. No era así exactamente como se había imaginado que sería cuando un hombre le pidiese matrimonio.

–No puedo casarme –balbució.

–¿Ah, no? –replicó Izar. Repantigado como estaba en su asiento, cualquiera diría que tenía por costumbre hacer quince o veinte proposiciones de matrimonio al día–. Yo creo que solo necesitas el permiso de tu tutor para casarte y, entre tú y yo, sospecho que te lo dará sin problemas.

¿Estaba intentando distender el ambiente? Imposible; ¿Izar, a quién consideraba incapaz de bromear? Liliana se irguió en su asiento. No sabía cómo procesar aquello.

–No podemos casarnos –se corrigió, cuando se apaciguó el torbellino de emociones que se había desatado en su interior.

–¿Por qué no?

La pregunta de Izar parecía deberse a una curiosidad sincera. Liliana lo miró y frunció el ceño. ¿Que por qué? Para empezar porque ni siquiera después de lo que había pasado entre ellos en su apartamento era capaz de tratarla como a una adulta. Y porque dudaba que fuera a cambiar nunca su actitud hacia ella.

–Si ni siquiera te caigo bien... –apuntó–. Y, perdona que te lo diga, pero tú tampoco eres santo de mi devoción.

Los labios de Izar se curvaron en una leve sonrisa, y Liliana sintió como si una lengua de fuego recorriese su piel.

–Quizá seas demasiado ingenua como para comprender que cuando una mujer se derrite en los brazos de un hombre, como te ocurre a ti conmigo, es que hay una atracción contra la que no se puede luchar –le dijo. Luego se encogió de hombros y añadió–: Pero, de todos modos, tampoco me parece que la falta de afinidad sea un problema: conozco docenas de matrimonios en los que no tienen nada que ver el uno con el otro.

–El cinismo no es una cualidad demasiado atractiva –se atrevió a decirle ella.

Izar se rio.

–No soy un cínico, sino un realista –replicó. Y luego se puso serio y casi le pareció ver amabilidad en sus ojos cuando añadió–: Y no hace falta que te enamores de mí, si eso es lo que te preocupa.

–¿Acaso lo creías posible? –se burló ella.

–Las chicas ingenuas son muy enamoradizas –contestó él en un tono condescendiente–. Claro que es el peligro de desflorar vírgenes: hay una efervescencia de emociones, recriminaciones, ruegos...

Liliana apretó la mandíbula.

–Pues deja que te asegure que conmigo no tendrás que preocuparte por nada de eso.

–Me alegra saberlo –Izar la estudió un momento–. Entonces tampoco deberías mostrar remilgos ni tonterías respecto a casarte conmigo, ¿no?

Liliana tuvo que contenerse para no lanzarle algo.

–Para tontería la que acabas de decir. ¡Que nos vamos a casar! Ni me conoces, ni quieres conocerme, ni has hecho el menor esfuerzo por conocerme mejor en estos diez años.

Él la miró con fastidio, como si aquella conversación le resultase tediosa.

–¿De verdad te parece necesario? Porque yo desde luego no espero que me conozcas. Eso de conocerse siempre me ha parecido un ejercicio pesado e incómodo. Te estoy hablando de casarnos, no de una excavación arqueológica.

Liliana apretó los puños.

–¿Y cuál es tu idea del matrimonio? –le preguntó con incredulidad. Se sentía insultada–. Porque creo que lo encontrarás un poco más complicado que las relaciones a las que estás acostumbrado: esas que solo requieren a una mujer guapa colgada de tu brazo con un buen escote, que sonría todo el tiempo y que nunca, jamás te cuestione.

Izar volvió a reírse.

–Dudo que sepas demasiado sobre las relaciones en general, y menos aún sobre mis relaciones en particular –le contestó–. Así que, te lo ruego, no te pongas en ridículo.

A Liliana el ridículo le daba igual. La había humillado, estaba furiosa, y se sentía como un globo inflado al límite, a punto de explotar.

–Solo estaba especulando, como hacen las revistas de todo el mundo cada vez que haces alguna aparición pública con la top model de turno. Pero creo que debería advertirte de que hablándome así no vas a conseguir hacerme cambiar de opinión precisamente.

Izar esbozó una leve sonrisa.

–Que yo sepa, no te he hecho ninguna pregunta que requiera una respuesta por tu parte.

–No voy a casarme contigo –le espetó, y se quedó a gusto al decírselo, aunque por dentro se sintiera extraña y vacía. Jamás sería tan masoquista como para hacer algo así–. Prefiero morirme antes que casarme contigo y no, no estoy siendo melodramática; es la verdad.

Los ojos negros de Izar brillaron, pero no respondió. En ese momento apareció la azafata, que le sirvió una copa sin que hiciera falta que él le dijera qué quería tomar. A Liliana, en cambio, solo le ofreció agua con gas, y luego les llevó varias bandejitas con aperitivos.

–¿Le has dicho que no me sirviera alcohol? –le preguntó Liliana a Izar cuando la azafata se retiró.

Izar ladeó la cabeza y movió la copa en su mano con suaves movimientos circulares.

–No. El protocolo habitual a bordo es no servir bebidas alcohólicas a jóvenes impresionables a menos que ellas las pidan.

Liliana apretó los dientes.

–Dime cómo ves tú el matrimonio –le pidió con aspereza–. Y no me refiero en sentido filosófico, sino a ese supuesto matrimonio del que estamos hablando. ¿Cómo crees que sería si nos casáramos?

–Bueno, desde luego no querría que fuera así. No puedo decir que tu beligerancia me resulte atractiva.

–Pues qué pena –murmuró ella con sorna–. No sabes cómo me duele oír eso.

Izar fijó sus ojos negros en ella, como ofendido por su sarcasmo.

–Estoy dispuesto a pasar por alto tus excesos de esta noche –le dijo–, pero que esto te quede claro: no tengo intención de pasar el resto de mis días discutiendo con mi esposa. No es algo que me atraiga, en absoluto.

–Pues entonces te sugiero que te busques una autómata y le ordenes que se case contigo –contestó Liliana.

Izar suspiró.

–Quiero que mi esposa sea hermosa pero discreta, no vulgar, ni ostentosa –le dijo, como si ella no hubiera hablado–. Debe rezumar elegancia en todo momento, tanto en público como en privado. Nada de ir encorvada, Liliana, ni de vestirte como una adolescente que está pasando por una crisis de identidad. Nada de tirarte en un sofá ni de soltar berrinches como una niña difícil. En público mi esposa deberá exhibir unos modales exquisitos y mostrarse sofisticada, pero no altiva. Deberá ser culta y obediente, interesante sin buscar llamar la atención. Y no toleraré que discuta conmigo por tonterías, ni en público ni en privado, que me interrogue sobre mis decisiones, ni que intente manipularme con el sexo.

–Parece como si estuvieras describiendo a una zombi, o a una muñeca hinchable.

–Y desde luego mi esposa no hablará mal de mí a mis espaldas, ni hará comentarios mordaces, así que los que tengas te sugiero que los sueltes ahora. Mi esposa deberá estar preparada para actuar como mi segundo de a bordo cuando sea necesario, y sobre todo en lo referente a los negocios, pero jamás deberá considerarse mi igual.

–No, por Dios... –murmuró ella, poniendo los ojos en blanco–. El mundo se abriría bajo nuestros pies si esa pobre mujer cometiera tan craso error.

Su tono áspero hizo que Izar enarcara las cejas, pero lo dejó correr y siguió con lo que estaba diciendo.

–Y llegado el momento también tendrá que darme un heredero, por supuesto. Un par de críos, tal vez, pero no más, porque en un futuro tendrán que dirigir juntos un imperio y se complicarían las cosas si tuviésemos más de dos hijos y tuvieran que competir entre ellos.

Liliana sintió como si se le hubiera hecho un nudo en el estómago, aunque no sabía por qué. Al fin y al cabo, esa fría visión del matrimonio que tenía su tutor no tenía nada que ver con ella. Dijera lo que dijera Izar, no iba a casarse con él, sino que se limitaría a observar desde lejos a la mujer con la que se casase y la compadecería.

–Para mí el matrimonio no es muy distinto de un negocio –continuó diciendo Izar, en el mismo tono arrogante–, aunque en varios aspectos es más simple, ya que no depende de los mercados que tenga éxito o no.

–¿No me digas? –se burló ella–. ¡Qué interesante!

Aquella larga lista de cualidades le había sonado

como uno de esos anuncios de «Hombre soltero busca...» de la sección de contactos, un anuncio de lo más ofensivo y humillante.

–Pues sí. Y hay algo más: deberás recordar siempre que hay una jerarquía, igual que ahora. Yo tomo las decisiones, y tú las acatas.

Y dicho eso se llevó la copa a los labios, como dando la conversación por concluida. La ira abandonó a Liliana, que se sintió como si se desinflara.

–Ninguna mujer aceptaría algo así. Es, como mínimo, insultante.

Una sonrisa burlona se dibujó en los labios de Izar.

–Creo que subestimas el principal atractivo.

–No te he oído mencionar ningún atractivo; solo reglas propias de un señor feudal, y sospecho que detrás hay una profunda misoginia. Lo cual, para que lo sepas, no solo no supone el menor atractivo para una mujer, sino que nos horroriza.

La sonrisa de Izar se había desvanecido.

–El principal atractivo, Liliana, soy yo.

Ya había pasado demasiado tiempo bajo su «yugo». Únicamente había tenido cuatro años de semilibertad en la universidad, y solo ahora estaba empezando a descubrir quién era. No podía venderse por tan poco.

Además, no había sido tan niña cuando murieron sus padres como para no acordarse de ellos. Los recordaba riendo, acurrucados en el sofá frente a la chimenea, charlando durante horas, los largos paseos que daban por el campo, siempre de la mano... Habían tenido sus discusiones, como todas las parejas, pero, de un modo u otro, enseguida hacían las paces. Era algo que siempre habían llevado muy a gala. Y a veces, cuando se suponía que ya debía estar en la cama, se había levantado y los había visto bailando en el salón, con los ojos cerrados y abrazados el uno al otro.

Sus padres se habían querido muchísimo; de eso no tenía ninguna duda. Se habían amado con pasión, y a ella la habían colmado también de amor. Además, se notaba que disfrutaban de la compañía del otro, se escuchaban el uno al otro con respeto, y cuando tenían que separarse por un viaje de negocios se llamaban y al volver a reunirse se contaban todo lo que habían hecho o les había ocurrido, como si fuese una necesidad ponerse al tanto de todos esos pequeños detalles.

Eso era lo que ella quería tener si algún día llegaba a casarse; no se conformaría con menos. Lo contrario sería como traicionarles, como traicionar sus ideales y lo que le habían inculcado, sería traicionar lo que estaba segura de que habrían querido para ella.

–Gracias por tu proposición –le dijo educadamente a Izar–, pero creo que paso.

Izar no volvió a mencionar la palabra «matrimonio» ni una sola vez más durante el resto del vuelo. Tampoco cuando llegaron a Europa al amanecer y se subieron a un helicóptero con el que sobrevolaron los Alpes. Sin embargo, Liliana sentía que pendía sobre ella, amenazante, como la espada de Damocles, proyectando una sombra ominosa sobre el espectacular paisaje que se extendía a sus pies mientras se dirigían a la villa de Izar.

Saint Moritz, chic y pintoresca, no había cambiado nada de como la recordaba Liliana, con sus calles limpias y cuidadas, sus boutiques de renombre y sus hoteles, que se contaban entre los más lujosos y caros del mundo. Durante sus años en el internado la habían llevado a ella y a las otras alumnas de excursión a pequeñas ciudades elegantes como aquella, para exponerlas a la clase de sociedad con la que sus adinerados padres y tutores esperaban que se codeasen en un futuro, igual que ellos.

La villa de Izar, situada en aquel paraíso de montaña, tenía una casa de tres plantas diseñada con el estilo de la zona, con techos altos soportados por vigas de madera y chimeneas de piedra, pero también toques modernos y todos los detalles necesarios para aportar la máxima comodidad. Desde todas las ventanas se divisaba el hermoso valle de Engadine, y había hasta un telesilla privado que subía por la montaña hasta llegar directamente a las famosas pistas de esquí de Saint Moritz.

Al llegar, Izar dejó que una sirvienta se ocupara de su equipaje, y pasaron al salón, donde un buen fuego chisporroteaba en la chimenea. Liliana, que estaba agotada del viaje, se moría por tumbarse en uno de los sofás y dormir, pero no se atrevía a sentarse porque le parecía que mostrar su cansancio sería como una rendición.

–Estoy reventado –dijo para su sorpresa Izar, aunque no lo parecía en absoluto–. Voy a darme una ducha para quitarme la mugre de los barrios bajos de Nueva York y luego me retiraré a descansar. Te sugiero que hagas lo mismo.

–Preferiría que me arrancaran un brazo antes que unirme a ti –le dijo ella, con una sonrisa desafiante.

Izar sacudió la cabeza.

–¡Cuánto drama...! –exclamó, y por un momento le pareció ver un brillo en sus ojos, como si aquello lo divirtiera. Ladeó la cabeza y le preguntó–: ¿Te he pedido yo que te unas a mí?

–Me has pedido que me case contigo –apuntó ella–. ¿Quién sabe qué otra locura se te pasará por la cabeza?

–Ah, pero es que no te lo he pedido –replicó Izar–. No me puse de rodillas, ni te hice una falsa y grandilocuente declaración de amor. Solo te puse al corriente de lo que va a pasar, eso es todo.

–Eso no va a pasar, Izar –le aseguró ella–. Ni ahora, ni nunca. Jamás me casaré contigo.

Él se encogió de hombros, como si sus protestas fuesen inútiles.

–Si tú lo dices... Cuando dejes de sentirte como una víctima porque te he arrastrado a este horrible lugar en un lujoso avión privado, el servicio te enseñará dónde está tu habitación. Y, por si te asalta la tentación de fugarte, no te aconsejo que lo intentes: estamos en la ladera de la montaña, por si no te has dado cuenta, y no hay adónde ir, a menos que sea en helicóptero o con un par de esquís.

Y, dicho eso, se dio la vuelta y se marchó, sin prisa y sin volver la vista atrás. La dejó allí plantada, como si de verdad esperara que, igual que a una cría con un berrinche, se le pasaría y le obedecería.

Claro que... ¿cómo no iba a esperar precisamente eso? Hasta entonces siempre le había obedecido. ¿Por qué habría de tomarla en serio? La noche anterior había sido la primera vez que había replicado a una sola de sus órdenes, la primera vez que se había encarado con él. Normalmente él dictaba las normas y ella las seguía, sin rechistar. No le extrañaba que creyera que aquello era solo un berrinche que se le pasaría.

Se le escapó un bostezo. Nunca había pasado toda una noche sin dormir. No era la clase de vida a la que estaba acostumbrada. A pesar de lo mucho que detestaba los sermones de Izar, durante todo ese tiempo había evitado hacer nada que pudiera dar pie a habladurías o hacer que se viese envuelta en cualquier escándalo. Y, por supuesto, jamás había hecho nada semejante a lo que había hecho con Izar la noche anterior.

Le palpitaban las sienes y se notaba como si tuviera arena en los ojos y en la boca, y no estaba segura de si sería un efecto retardado del alcohol, del sexo, o simplemente signos del cansancio. Lo que sí tenía claro era que no estaba dispuesta a seguir obedeciendo a Izar. No ahora que era una persona real, en vez de una serie de mensajes ásperos. No cuando el Izar de carne y hueso la había tocado como lo había hecho.

Ya no era virgen, ya no era un bicho raro, aislada del mundo por las mentiras que se veía obligada a contar a los demás para ocultar su identidad y el futuro que siempre había sabido que la aguardaba. Ahora era una mujer hecha y derecha, y tenía que demostrarlo.

Al salir del salón encontró a una sirvienta, y dejó que la condujera a su habitación, rogando por que estuviera lo más lejos posible de la de Izar, aunque no se atrevió a preguntarle a la mujer sobre ese pormenor.

Cuando la hubo dejado a solas, se acercó a la ventana y admiró un momento el bello paisaje de montaña, salpicado por pequeños pueblos, antes de correr las cortinas y entrar en el cuarto de baño, donde se desvistió mientras se llenaba la bañera. Luego se metió en ella y dejó que las lágrimas rodaran por sus mejillas. Estaba sola; nadie podía verla, ni juzgarla. Izar no se enteraría de que había llorado.

Unas cuantas horas después, Izar estaba de pie junto a la ventana de su dormitorio, observando el valle a lo lejos. La luna ya estaba en lo alto del cielo nocturno, derramando su suave luz y haciendo brillar la blanca nieve.

No sabía qué diablos le pasaba. El viajar nunca antes lo había hecho desvelarse. Se pasaba la mayor parte del año volando de una capital del mundo a otra por negocios y, como rara vez dormía más de unas cuantas horas seguidas, no le costaba hacerse a los cambios de horario estuviese donde estuviese. Sin embargo, esa noche no conseguía conciliar el sueño.

La verdad era que sí sabía por qué. Era por Liliana. O, más exactamente, porque había perdido el control por completo, porque se había dejado llevar por el deseo. Se había dado una larga ducha, con las manos apoyadas en la pared, con el chorro de agua caliente cayéndole sobre la espalda mientras se esforzaba por no pensar.

Pensar demasiado no conducía a nada bueno. Sí, le había quitado a Liliana su virginidad, lo cual lamentaba, pero no había sido su intención, y era ella quien lo había empujado a hacerle el amor. Además, inmediatamente después había decidido hacer lo correcto, casarse con ella, y las ventajas de esa unión eran más que evidentes. Sí, tal vez la situación se le hubiera ido de las manos, pero ya la tenía de nuevo bajo control.

Después de la ducha se había metido en la cama y había estado dando vueltas y más vueltas, sin poderse dormir, hasta que finalmente se había dado por vencido y se había levantado. Había encendido el ordenador portátil y se había dedicado a ponerse al día con asuntos de trabajo que tenía atrasados porque su mentirosa pupila lo había obligado a ir a buscarla a los barrios bajos de Nueva York. Y cuando ni con eso había logrado dejar de pensar en ella se había vuelto a la cama, pero no le había servido de nada.

Primero había perdido el control, aunque solo hubiera sido temporalmente, y ahora tenía insomnio. ¿Qué diablos le pasaba? ¿Y por qué sentía esa ansia de volver a hacerle el amor a Liliana y pagar sus frustraciones con ella?

Irritado consigo mismo, se apartó de la ventana. Salió del dormitorio y bajó a la piscina cubierta. Se quitó los pantalones del pijama, se zambulló de cabeza en el agua fría y se puso a nadar, desfogándose con cada brazada. No se detuvo a admirar, como había hecho otras veces, el cielo estrellado a través de la bóveda de cristal. ¿Para qué? Tenía grabada a fuego la imagen de Liliana y no veía otra cosa: Liliana debajo de él, desnuda, gimiendo y jadeando...

Aquello no era lo que sus padres se habrían imaginado cuando lo habían designado como su tutor. Ni era lo que él había pretendido en todos esos años en que la había encomendado al cuidado de otros que había pensado que la cuidarían mucho mejor que él.

Nadó hasta que le dolieron las piernas y los brazos, pero el cansancio físico tampoco apartó a Liliana de sus pensamientos, así que salió del agua, se secó con una toalla y se la lio a la cintura mientras caminaba. Aquella obsesión pasaría, se aseguró a sí mismo.

Además, era absurdo, se dijo mientras subía las escaleras. No era un adolescente encaprichado de una chica de su clase, jamás había suspirado por ninguna mujer, y no iba a pasarse las noches en blanco por una joven ingenua que hasta la noche anterior solo había sido para él una responsabilidad añadida a su lista de responsabilidades.

No había razón alguna para que de repente se encontrara frente a la puerta de su habitación, que estaba al final del pasillo en el que se hallaba la suya. Y tampoco había razón alguna para que girara el pomo, pero lo hizo. La puerta se abrió silenciosamente, y aunque sabía que debería volver a cerrarla e irse a la suya, cruzó el umbral y entró.

La luz de la luna llena, que se filtraba a través de las finas cortinas, iluminaba la estancia. Sus ojos se posaron sobre la cama, donde yacía Liliana, plácidamente dormida. Los rayos plateados de la luna acariciaban su esbelta figura. La ropa de la cama estaba a un lado, probablemente porque la había apartado en sueños, y su melena ondulada formaba un halo dorado en torno a su cabeza.

Estaba tumbada boca abajo, con la cabeza ladeada, los brazos doblados bajo la almohada y una pierna flexionada. No llevaba más que unas braguitas que apenas cubrían sus dulces nalgas. Se moría por alargar los brazos y trazar con los dedos las deliciosas curvas que asomaban por debajo de la escueta prenda de seda y encaje. Su espalda desnuda era una sinfonía de esa piel de satén que había explorado con sus manos y con sus labios la noche anterior sin quedar saciado.

No era consciente de haberse acercado tanto a la cama, pero, aunque era incapaz de retroceder, al menos sí consiguió contenerse para no tocarla. Si lo hubiera hecho, tal vez no habría podido parar.

Se la veía tan tranquila, ajena a que él estaba allí de pie, observándola como un depredador acechando silencioso a su presa... La deseaba tanto... ¡Dios, cómo la deseaba! Exhaló un suspiro tembloroso, y antes de que la tentación se volviera insoportable se inclinó y la tapó con cuidado para no despertarla.

Luego salió en silencio y volvió a su habitación, a su solitaria vigilia frente a la ventana. Fue entonces cuando comprendió que ya iba siendo hora de que dejase de mentirse a sí mismo sobre lo que estaba ocurriendo allí. ¿Y qué si aquellos sentimientos lo habían pillado completamente desprevenido? Sí, casarse con Liliana sería bueno para el negocio, pero esa era la menor de las razones por las que quería hacerlo.

Capítulo 6

NO PUEDES tenerme encerrada eternamente en una torre de marfil –le espetó Liliana a Izar diez días después mientras desayunaban.

Él había insistido en que desayunaran y cenaran juntos todos los condenados días. Fuera se había desatado una tormenta de nieve, y las copas de los árboles se agitaban violentamente. El aullido del viento estaba provocando una sensación de claustrofobia a Liliana, que pinchó una salchicha con el tenedor, imaginándose que era Izar.

Claro que también podría ser que fuera el propio Izar quien le provocaba esa sensación de claustrofobia. De hecho, era algo más que eso, era algo como una quemazón, como una especie de ansia que estuviera intentando reptar, como una serpiente, fuera de ese foco de calor concentrado en su vientre.

Izar, que estaba leyendo las noticias en su tableta, no levantó la vista y dio un sorbo a su café semilargo, el expreso con una pizca de leche que hacía que le sirvieran en un vaso pequeño en vez de en una taza, como un guiño a su Málaga natal. Leía los periódicos de cinco países cada mañana. Era un obseso de las noticias.

–¿Una torre de marfil? –murmuró distraído.

–Sí, una torre de marfil –repitió ella irritada–. Para no desesperar me digo que, aunque parece que llevo aquí una eternidad, solo ha pasado algo más de una semana –suspiró con dramatismo–. Confío en que antes o después te cansarás de hacer de niñera y dejarás que me vaya y haga mi vida.

–Se me conoce por muchas cosas –contestó él en un tono divertido–, pero no precisamente por rendirme sin conseguir lo que quiero.

Le lanzó una mirada tan intensa que Liliana sintió que una oleada de calor le recorría la piel, como cuando se prende un reguero de pólvora. Y lo peor era que estaba segura de que Izar sabía perfectamente el efecto que tenía en ella.

–Deja de hacer eso –le increpó, bajando la vista al plato y frunciendo el ceño–. Te he dicho un millón de veces que lo que pasó en el apartamento aquella noche...

–Lo sé, lo sé –la cortó él, antes de centrar de nuevo la atención en la pantalla de la tableta–, ya estoy suficientemente escarmentado.

Ese era el problema, que estaba segura de que no lo estaba. Y tampoco parecía que le importara que estuviera volviéndose loca poco a poco, atrapada en aquella casa con él. Cada mañana bajaba a desayunar recién duchado tras la correspondiente sesión de ejercicio: natación, pesas, una hora corriendo en la cinta... Liliana ya se había aprendido su horario de memoria.

De hecho, aunque a Izar le pareciese innecesario que se conocieran un poco mejor el uno al otro, había decidido que, ya que no tenía otra cosa que hacer, aprovecharía para observarlo y estudiarlo con detenimiento. Tenía la esperanza de que con la convivencia diaria descubriría unas cuantas manías insoportables de Izar –¿quién no tenía manías?–, y que eso contrarrestara la irritante atracción que sentía por él.

Sin embargo, en los diez días que llevaba allí, todavía no había conseguido encontrar nada que lo hiciese menos intimidante y atractivo a sus ojos. Después de desayunar se iba a su estudio en el segundo piso y se ponía a ocuparse de asuntos de trabajo. A veces se pasaba la mañana entera haciendo llamadas. Ella estaba sentada en el salón, en el piso de abajo, leyendo algún libro, y lo oía hablando en su habitual tono inflexible, ya fuera en inglés, español, francés o alemán.

Luego, por las tardes, solía retirarse a su habitación un rato antes de cenar –eso si no hacía una segunda sesión de ejercicio–, pero no tenía ni idea de qué hacía allí. Aparte de darse una ducha, cosa que deducía porque reaparecía con otra ropa y el pelo húmedo, lo que hiciera allí era un misterio.

Por las noches, cuando se metía en la cama, Liliana se entretenía imaginándolo haciendo algo mundano, como cortándose las uñas de los pies, o tirándose en un sofá a ver un reality show mientras engullía una bolsa entera de patatas fritas.

Esas imágenes mentales la hacían reír, pero no conseguían degradarlo a sus ojos como ella habría querido, porque a la hora de la cena Izar aparecía en el comedor guapísimo e impecablemente vestido, rezumando por los cuatro costados esa masculinidad que la tenía fascinada.

Una tarde que estaban los dos en la biblioteca, le

llegó un mensaje de Whatsapp al móvil. Era de su amiga Kay:

¿Seguro que no te han abducido los alienígenas? Para tratarse de «cosas de familia», no te veo tan irritada como lo estaría yo...

Fuera hacía frío y ya estaba anocheciendo. Izar estaba con su tableta –¡cómo no!– y ella acurrucada en un sofá con un libro y una taza de chocolate caliente que le había preparado la cocinera. Paseó la vista por la biblioteca. La verdad era que, para ser alguien que se quejaba de que su tutor la tenía allí retenida contra su voluntad, no podía decirse que estuviese precisamente a disgusto.

Eso depende de qué entiendas por «alienígenas»..., contestó a su amiga. Quizá se estuviese adaptando a aquello con demasiada facilidad, pensó, enfadada consigo misma. Tal vez el «efecto Izar» tuviese algo que ver, y sí, «abducida» era exactamente como se sentía.

Por lo que le habían contado Kay y Jules, los «esbirros» de Izar se habían llevado todas sus cosas del apartamento. Sus compañeras de piso se habían encontrado al despertar a la mañana siguiente con que su cama estaba completamente desnuda –ni sábanas, ni edredón, ni nada–, el vestidor y las estanterías vacíos, el escritorio completamente despejado... Como si nunca hubiera vivido allí.

Ni que decir tenía que sus amigas se habían llevado un susto de muerte. Izar, en cambio, ni se había inmutado cuando había irrumpido en su estudio tras hablar con Jules, el día después de que llegaran a Suiza, increpándolo por lo cruel que había sido.

–¡Mis amigas pensaron que algo horrible me había pasado! –le había gritado, agitando el móvil ante él–. ¿Era necesario borrar todo rastro de mi paso por allí, como si jamás hubiera existido?

–De ningún modo voy a disculparme por haberte sacado de ese agujero –le había contestado él, sin dignarse a levantar la vista de la pantalla de su portátil. Como si ella ni siquiera estuviera allí con él–. No pierdas el tiempo.

–Lo que fue una pérdida de tiempo y de energías es que fueras a buscarme –le había espetado ella–, porque pienso volver con mis amigas en cuanto regrese a Nueva York. Vete haciendo a la idea.

Al oír eso, Izar por fin había levantado la vista, pero se había quedado mirándola fijamente un momento y no había dicho nada.

Después de ese día había sentido cómo los barrotes de aquella prisión se estrechaban en torno a ella, pero... ¿de verdad era una prisión? Si era esa la sensación que tenía, ¿por qué no había intentado escapar? Muchas mañanas, Izar estaba encerrado en su estudio, mientras ella daba vueltas por la casa, aburrida, sin que nadie la vigilara. ¿Por qué no lo había hecho?

No tenía una respuesta. O, cuando menos, no era la clase de respuesta que querría dar a esa pregunta. Era más fácil decirse que solo estaba esperando el momento oportuno, igual que, al comprender que no iban a estar allí en Suiza solo el fin de semana, había sido más fácil contarles a sus amigas una mentira piadosa. Les había dicho, en un tono lo más alegre posible, que estaba bien, y que había tenido que irse porque había unos asuntos de los que tenía que ocuparse, «cosas de familia». Sí, había sido más fácil que tener que contarles quién era en realidad.

Izar, por otra parte, estaba volviéndola loca. Seguía tratándola del mismo modo brusco e inclemente, y le amargaba a diario la existencia. Pero luego tenía detalles inesperados, como cuando, unos días atrás, había llegado una furgoneta, se habían bajado dos hombres de ella, y habían entrado en la casa cargando tres baúles altos que, según descubriría después, estaban llenos de ropa de Girard, la compañía de alta costura que había fundado su madre, que Izar había hecho que llevaran para ella.

A Liliana se le había hecho un nudo en la garganta mientras los miraba. Conocía aquel corte elegante y discreto, las telas, los colores... Le recordaban tanto a su madre... Y ahora ella era la última de los Girard.

–Eres la hija de Clothilde Girard –le había dicho Izar cuando se había quedado mirándolo, aturdida y con el corazón latiéndole como un loco, incapaz de procesar lo que había hecho, lo que significaba–. Ya es hora de que aparte de serlo también lo parezcas.

Izar había hecho que le subieran a su dormitorio los baúles, y le había dicho que esa noche, para la cena, utilizase alguno de esos modelos. Pero cuando había bajado al comedor la había mandado de vuelta arriba a cambiarse no una, sino dos veces, porque le parecía que no había conjuntado bien las prendas... y no le habían quedado muchas ganas de cenar con él.

Al sentarse a la mesa, con la espalda tiesa y las mejillas encendidas de ira porque seguía tratándola como a una niña pequeña, ella le había espetado:

–No es que tenga muchas ocasiones en el día a día para vestirme así.

Ella no era su madre. Ningún vestido, por bonito que fuera, iba a convertirla en Clothilde Girard, y el que se empeñara en que intentara emularla resultaba muy doloroso.

–Eres Liliana Girard Brooks –la había corregido él en un tono suave pero firme–; naciste para llevar esa ropa.

Ella había esperado, con la cabeza gacha y los puños apretados en el regazo, a que se retirara la doncella, que había aparecido en ese momento para servirles el primer plato, y cuando se quedaron a solas le había espetado:

–Esta ropa no me pega, ni me queda bien. Parezco una adolescente en un baile de graduación con un vestido que no va con su edad.

–Lo que pareces es una chiquilla quisquillosa hablando así –le había respondido él–. Pero, si uno ignora ese ceño fruncido sin razón aparente y ese mal humor, lo que queda es una hermosa mujer con un vestido que le sienta de maravilla y que bien podría considerarse una obra de arte. ¿Quieres ser una obra de arte, Liliana?, ¿o prefieres ser alguien mediocre? –le había preguntado, enarcando las cejas.

Ella le había lanzado una mirada furibunda porque era lo más fácil, en vez de analizar las complejas e intensas emociones que se revolvían en su interior: añoranza, ira, dolor... Se sentía muy pequeña e insignificante para aquel hermoso vestido que llevaba.

–Y si con «mediocre» te refieres a que siga soltera, libre y arreglándomelas sola –le había espetado–, sí, eso es lo que elijo.

Él había levantado su copa en un brindis irónico, como si hiciera tiempo que hubiese renunciado a intentar razonar con ella.

–Piensa menos en tu libertad –le había respondido–, y más en el legado de tus padres.

Desde entonces cada día había sido como una variación del anterior, y pronto había comprendido que aquella no era solo otra prisión, que Izar la había llevado allí para pulirla, para moldearla y convertirla en la esposa perfecta que quería para sí.

–No soy tu Frankenstein particular –lo había increpado al cabo de una semana, durante la cena.

Izar había estado aleccionándola, desde los entrantes hasta el postre, sobre qué debía decir y qué temas debía evitar cuando tuviera que entablar conversación con otras personas en los actos a los que tendría que asistir con él cuando pasara a ser su socia.

–¿Qué se supone que significa eso? –inquirió él con arrogancia.

–Que no puedes cortarme en pedazos y luego volver a coserlos para convertirme en una versión mejorada y a tu gusto que haga siempre lo que le mandes.

–Creía que lo que estaba haciendo era explicarte cuál es tu lugar en el mundo.

Detestaba cuando empleaba con ella ese tono condescendiente.

–Querrás decir en tu mundo, no en el mío –había insistido.

Pero él no se había dignado a responder a su acusación, y ahora sabía por qué: porque a cada día que pasaba allí se traicionaba más a sí misma. Se sentía más cómoda con esa ropa que él insistía en que llevara, como los jerseys de cachemira y los pantalones de vestir, cuando ella se habría puesto sudaderas de algodón y vaqueros. La ropa que había hecho que le llevaran era tan distinta de lo que una universitaria se pondría que pronto dejó de verse como la chica que había sido hasta entonces. Y al poco dejó de sentirse como una impostora cuando se enfundaba uno de los hermosos vestidos de noche con los que bajaba a cenar. También había empezado a cuidar más su peinado, en vez de hacerse el mismo recogido descuidado que se hacía siempre. Hasta escogía con más atención los accesorios y los zapatos que se ponía. Era como si estuviese empezando a verse a sí misma como él quería que fuera.

Estaba cayendo en la trampa de hacer lo que él esperaba que hiciera, se decía con desánimo cuando se miraba en el espejo y veía su reflejo, el reflejo de una mujer elegante en la que no se reconocía. Estaba convirtiéndose, contra su voluntad, en esa visión de la esposa perfecta de Izar, pero era como si no pudiera pararlo.

Esa noche lucía un vestido de una de las colecciones actuales de la firma Girard. Era de color violeta, largo y suelto, con volantes sobre un hombro y el otro desnudo. Con ayuda de la doncella se había hecho un recogido con trenzas, y se había puesto unos pendientes largos de diamantes que habían sido de su madre. Incluso se había aplicado unas gotas de perfume en las sienes, las muñecas y el cuello.

No se había preguntado por qué se estaba tomando tantas molestias. O quizá fuera más exacto decir que había evitado hacerse esa pregunta hasta ese momento, cuando bajaba por la escalera camino del comedor mientras se oían de fondo las campanadas del reloj de pie del salón dando la hora.

Izar estaba al pie de la escalera, vestido con un traje gris oscuro que acentuaba su físico atlético y tornaba en elegancia ese aire implacable y amenazante que tenía. Presentaba el aspecto de un lobo feroz disfrazado de príncipe azul. Y aunque tenía la mandíbula apretada, la observaba como embelesado mientras descendía, y lo pilló mirando la abertura lateral del vestido, que partía de la mitad del muslo.

Liliana quería decir algo, cualquier cosa, que rompiera aquel hechizo que empeoraba cada noche y que en ese momento era particularmente letal. Era peligroso permanecer callada cuando la miraba así, más que peligroso, pero fue incapaz de articular palabra.

Cuando llegó abajo, Izar le ofreció su brazo. Tan formal, tan correcto... Aquello debería haberle hecho reírse de lo ridículo que resultaba: no estaban en un restaurante; daría igual que cenaran en chándal. Aquello no era más que un juego, una ficción. Sin embargo, no se rio.

Una extraña sensación de euforia la había invadido. Se sentía más viva de lo que se había sentido nunca, ni siquiera en Nueva York. Y el hombre que estaba a su lado tenía algo que ver con ello. No sabría explicar qué. Era un cosquilleo que la recorría por dentro, como la suave caricia del vestido contra sus piernas al andar, como el que sentía en la mano con la que se había asido a su fuerte brazo.

Cuando la condujo hasta su silla y se la acercó para que se sentara, Liliana se sentía temblorosa y algo mareada. Era por el brillo de deseo de sus ojos negros, se dijo cuando Izar se sentó frente a ella. Era por el modo en que la escrutaban, como si supiera exactamente qué estaba pensando y cómo se sentía, y tuviera toda la intención de utilizarlo contra ella.

Izar no hizo el menor esfuerzo por romper el silencio, y por momentos Liliana pensó que iba a explotar.

–¿Cómo conociste a mis padres? –le preguntó.

No había pretendido preguntarle eso, pero de pronto se le había ocurrido que era algo que no sabía.

–Acabo de darme cuenta de que no tengo ni idea de cómo los conociste –añadió.

Por un instante, le dio la impresión de que a Izar parecía haberle sorprendido la pregunta, pero, si así era, lo disimuló rápidamente.

–Tu madre era aficionada al fútbol –dijo al cabo de un rato. Sus ojos negros brillaron casi con afecto–. Le apasionaba, de hecho.

Mientras Liliana intentaba asimilar esa información aparecieron un par de sirvientes con el entrante, una tabla de patés con rebanadas de distintos tipos de pan, además de unas bandejas con tarritos de mermelada y confituras para aderezar. Y, aunque estaba hambrienta, apartó la vista del plato y miró a Izar.

–¿Le gustaba el fútbol? –inquirió parpadeando.

Le costaba imaginarse a su madre, la elegante y serena Clothilde, el icono de la moda, con la cara pintada con los colores de su equipo y una bufanda.

Esa vez el afecto que había atisbado antes en la mirada de Izar, se extendió a sus facciones. Jamás le había visto esa expresión.

–Tu padre prefería el rugby, pero tu madre era una

fanática del fútbol –le confirmó. ¿Era una sonrisa eso que pugnaba por aflorar a sus labios?–. Cuando me retiré y empecé mi propio negocio, tu madre se puso en contacto conmigo. Me dijo que porque le interesaba el camino que había tomado tras mi carrera como deportista. Yo creí que no era más que una excusa –apuntó, y por fin esbozó una sonrisa, que hizo que Liliana sintiera mariposas en el estómago–. Pero cuando nos conocimos...

Liliana tragó saliva.

–¿Estás diciendo... estás diciendo que mi madre y tú...?

Los ojos de Izar se encontraron con los suyos, y se rio, entre sorprendido y divertido.

–Por supuesto que no –replicó–; tu madre quería conocerme, pero no quería nada conmigo. Lo cual, para mí, era algo bastante inusual.

Liliana resopló.

–Ya, claro –respondió con sorna–, porque lo normal es que las mujeres acudan a ti en bandadas, como las moscas a la miel.

Algo muy masculino asomó a los ojos negros de Izar, algo que hizo a Liliana sentirse acalorada. Bajó la vista a su plato, que aún no había tocado, y rogó por que él no se diera cuenta.

–Te sorprenderías –murmuró Izar. Y por su tono era evidente que sí se había percatado–. A veces estoy a lo mío cuando de repente las mujeres se ponen a desnudarse delante de mí y me ofrecen su cuerpo. ¿Te imaginas?

Estaba provocándola. A Liliana le costaba creer que Izar estuviera dejando entrever que tenía sentimientos y que era capaz de bromear. Le habría gustado que hubiese mostrado algo de esa humanidad durante todos esos años de soledad, en los que solo había tenido sus bruscas y ocasionales cartas para recordarle que a alguien ahí fuera le importaba si estaba viva o muerta.

–Pero mi madre no fue una de esas que se desnudaban –dijo.

–No, no lo fue. Coincidimos en Berlín, nos caímos bien y, lo más importante, nos dimos cuenta de que nuestras ideas de negocio eran similares. Nos pareció que era algo predestinado y decidimos fusionarnos –concluyó Izar, encogiéndose de hombros.

–Yo pensaba que el gran Izar Agustín creía en sí mismo, en su propia gloria, no en el destino –observó ella. ¿Por qué le sonaban amargas sus palabras? ¿Podría ser que estuviera celosa por una cena que había tenido lugar cuando ella no era más que una niña?–. ¿O es algo que dices para que otros se sientan mal consigo mismos, y no algo en lo que creas de verdad?

Izar la escrutó en silencio.

–Si te sientes mal contigo misma, Liliana, solo puedo darte un consejo –tomó su copa y fijó de nuevo sus ojos en ella–: deja de sentirte así.

–Vaya, pues gracias –murmuró ella irritada. Se sentía mezquina por sentir celos de su madre, pero no parecía poder parar. Ni tampoco atemperar la aspereza de su tono–. Es un consejo muy útil. Justo la clase de consejo que los hombres como tú vais dando por ahí sin saber que hay gente que no nació con los dones y los privilegios que vosotros tenéis.

Izar parpadeó y sus facciones se endurecieron. «Es

culpa tuya», le siseó su vocecita interior. «Has hecho que vuelva a convertirse en el Izar frío e inflexible».

–Izar... –murmuró, arrepentida de cómo le había hablado.

Pero él la cortó con una mirada fulminante que la hizo encogerse.

–No sé qué pasa por esa cabeza tuya –masculló Izar, con voz dura como el hierro–, pero para mí es algo más que un insulto que la heredera Girard Brooks se siente a mi mesa y pretenda darme lecciones sobre dones y privilegios –soltó una risa agria–. Yo nací en la celda de una cárcel, Liliana. Fui hijo de una mujer soltera en una época y un lugar en los que el que una mujer se quedara embarazada sin estar casada se consideraba un pecado mayor que el delito de posesión y tráfico de drogas por el que la habían mandado a la cárcel. Mi madre salió de la cárcel cuando yo tenía dos años y me crio, si es que podía llamarse así a su constante negligencia, en tugurios y en las calles hasta que me abandonó. Yo tenía cuatro años y mi tío se hizo cargo de mí con reticencia, se hizo cargo del hijo de una hermana de la que había renegado hacía tiempo, y solo porque era lo correcto, no porque él, o su esposa, quisieran a un «pequeño salvaje indomable» en su casa como me solían decir.

–Yo no pretendía... –balbució ella.

Izar la ignoró. Tenía los labios apretados y sus ojos llameaban.

–Tenía un balón, ese era el único juguete que tenía. Y me pasaba el día dándole patadas contra el muro de la casucha de mi arrogante tío cuando lo que quería hacer era tirarla contra su cabezota. Iba por las calles dándole patadas a mi balón mientras huía de la policía, del párroco o de quien fuera persiguiéndome por haber roto algún cristal. Era lo único que tenía: mis pies, la furia que llevaba dentro y aquel condenado balón.

Se le veía tan irritado, tan tenso... Y Liliana no sabía cómo parar aquello que había empezado.

–Todo lo que tengo lo he conseguido con mi esfuerzo, con el sudor de mi frente. Me sacrifiqué en cuerpo y alma en el terreno de juego. Y luego, cuando me hice polvo la rodilla, volví a empezar de cero. Un hombre crea su propia suerte y yo lo he hecho no una, sino dos veces. ¿Qué has hecho tú? ¿Aparte de darme problemas?

–Por favor, Izar... –le suplicó ella, avergonzada de sí misma–. Lo siento. Lo que he dicho antes lo he dicho sin pensar.

–Sí, ya me he dado cuenta de que es algo que haces a menudo –le espetó él.

Liliana se aclaró la garganta. Estaba temblando por dentro. Tomó un sorbo de vino para tratar de calmarse antes de preguntarle:

–¿Y qué fue de tu madre? –le lanzó una mirada a hurtadillas, y al ver su ceño fruncido se arrepintió de inmediato de haber hecho esa pregunta–. Si no te molesta hablar de ello –añadió–. Es solo que me estaba preguntando...

–No tengo la menor idea –respondió Izar. Su voz sonaba fría, pero la ira que había rezumado hacía un momento había desaparecido–. Puede que aún siga viva, o que haya muerto de una sobredosis tirada en algún sitio, sin ninguna documentación encima que ayudara a identificarla. Sea lo que sea lo que haya sido de ella, no puedo decir que me importe.

Tras esas palabras, durante un buen rato no hubo más que silencio en el comedor. Solo se oía el ruido de los cubiertos de ambos y el leve sonido del disco de música clásica que Izar había puesto en la minicadena. Era el silencio incómodo que evidenciaba que lo que debería haber sido una cena tranquila a la luz de las velas se había echado a perder.

–Me alegra que mis padres y tú os llevarais tan bien –se atrevió a decirle Liliana, cuando ya no pudo soportar ni un segundo más aquel silencio.

Él siguió callado, y, cuando finalmente contestó, no la miró.

–Para mí eran buenos amigos –dijo mientras se untaba paté en una rebanada de pan–. Muy buenos amigos. No ha habido un solo día en que no haya sentido su pérdida.

No había motivo para que sus palabras le sentaran como una bofetada. Ni siquiera tenía motivos para pensar que Izar le hubiese dicho aquello con intención de afearle su actitud. Pero le dolía pensar que probablemente su comportamiento estaba siendo el de una niña caprichosa y egoísta, tal y como él decía. Porque la verdad era que nunca se le había ocurrido pensar que la muerte de sus padres también había supuesto una pérdida para Izar. Ni se le había pasado por la cabeza que hubieran podido ser amigos, y no solo socios, ni que él los hubiera llorado también.

Tampoco estaba muy segura de qué decía de ella como persona que jamás se hubiese planteado hasta qué punto debían de haber apreciado sus padres a Izar, cuando habían querido que, si les sucediera algo, fuera precisamente él quien se convirtiera en su tutor legal.

La cena siguió su curso, lento y doloroso, y aunque las facciones de Izar no se relajaron, al menos sí pareció disiparse un poco su ira, esa ira oscura y contenida. Pronto empezó a hacerle todo tipo de preguntas, como cada noche, para ponerla a prueba, y a aguijonearla con todos esos requisitos de perfección que quería que alcanzara. Y, después de ese momento tan tenso, casi la alivió volver a aquella rutina.

–No sabía que hubieras sacado tiempo, tan ocupado como estás con dominar el mundo, para convertirte en el mayor experto en modales y decoro –bromeó con él mientras tomaban el segundo plato–. Eres un hombre de múltiples talentos –añadió, esbozando incluso una sonrisa, que por una vez no fue del todo forzada.

–Estoy intentando determinar qué aprendiste en ese internado, si es que aprendiste algo –respondió Izar, que ya volvía a parecer el de siempre: desaprobador y severo–. Porque de momento parece que todo el dinero que me gasté en enviarte a estudiar allí no ha servido para mucho. Quizá debería haberte dejado suelta por las calles de Europa para que te las apañaras por ti misma.

–Conseguí que me aceptaran en la universidad –apuntó ella–. Es posible que el departamento de admisiones considerara que lo importante eran mis calificaciones académicas. No que, cuando vaya a una fiesta benéfica sea capaz de sonreír de un modo misterioso a los magnates vejestorios que intenten coquetear conmigo, en vez de mandarlos a hacer gárgaras.

Era uno de los consejos que le había dado Izar. Estaba segura de que él le respondería con alguna pulla o que le lanzaría una de esas miradas asesinas, lo habitual, pero en vez de eso se levantó de la silla y le dijo:

–Entiendo que mis consejos te parezcan absurdos, pero yo no estoy aquí para darte todos los caprichos, Liliana. Estoy aquí para convertirte en una gema sin igual entre las mujeres, admirada por el mundo entero. Quiero que los hombres te deseen y que las mujeres deseen ser tú. Y eso no sucederá si vives en un agujero en el Bronx, bebiendo cerveza y fingiendo que perteneces a la clase obrera.

–¡Jamás he hecho eso! –protestó ella dolida, frunciendo el ceño–. ¡Si ni siquiera me gusta la cerveza!

–Has tenido todas las ventajas posibles y aun así te sientes víctima de tu buena suerte –la acusó él–. Hasta de tus apellidos. Has recibido todo tipo de bendiciones: tu belleza, la fortuna que vas a heredar de tus padres... tu vida entera es...

–¿Mi vida? –lo cortó ella, irguiéndose en el asiento y fijando sus ojos en los de él–. Te concedo que soy afortunada de ser hija de quien soy, pero me quedé huérfana siendo solo una niña, y quedé al cuidado de un hombre que no tenía tiempo para mí y que me mandó lejos de él. Ojos que no ven, corazón que no siente. Perdona si a ti te parece que eso es una bendición, pero a mí no me lo pareció entonces, ni me lo parece ahora.

–Sé que para ti fue un duro golpe perder a tus padres –masculló Izar–. Pero no había nada que yo pudiera hacer para suavizarlo. Nadie habría podido evitarte ese dolor. Por eso te envié a ese internado. Era un buen colegio, un lugar donde se han educado mujeres de la aristocracia y la realeza, un lugar donde, por la exorbitante cuota que tenía que pagar cada mes, consideré que te cuidarían bien. ¿Qué consuelo crees que habría podido darte yo, que era un extraño para ti, además de un hombre soltero que no sabía nada de niños?

–Yo solo quería... –comenzó Liliana.

Pero no se atrevió a terminar la frase. Ya no estaba segura de qué había querido entonces. Había esperado mucho tiempo para tener aquella conversación con él, pero ya no eran solo un tutor y su pupila. Lo que había cambiado todo era lo que palpitaba entre ellos, aquello de lo que ninguno de los dos se atrevía a hablar.

Liliana no era consciente de haberse levantado, pero de pronto se encontró también de pie, con él al otro lado de la mesa, como dos espadachines que se hubieran puesto en guardia y se dispusieran a luchar. Sabía que debería volver a sentarse, que debería intentar aplacar a Izar o, si no lo conseguía, poner fin a aquella conversación, pero no podía hacerlo. Se sentía como... presa de una extraña euforia.

Nunca había visto a Izar así, y jamás se había imaginado que pudiera ponerse así. Sus ojos negros refulgían, y estaba tan tenso que la ira que emanaba de él casi vibraba en el aire. Cuando se apartó de la mesa y la abertura de su vestido se ensanchó, dejando su pierna al descubierto, Izar bajó la vista, como si no pudiera controlarse. Fue entonces cuando reconoció esa mirada en su apuesto y arrogante rostro. Esa mirada la había visto antes, aquella noche, en su apartamento del Bronx, momentos antes de que Izar la llevase a la cama y le hiciese el amor.

Y de pronto lo comprendió. Aquel cosquilleo vibrante, las mariposas en el estómago, esa punzada en el pecho... Tal vez no supiera mucho de hombres, y desde luego con Izar apenas había rascado la superficie, pero sabía que aquella noche en su apartamento todo había cambiado, y sabía... sabía que él la deseaba.

Era evidente que se moría por tocarla, por besarla. Por eso se había levantado, porque no podía aguantar quieto más tiempo. Por eso estaba de tan mal humor. Y sin duda era el motivo por el que se mostraba tan controlador con ella todo el tiempo. No tenía la más mínima duda; era como si lo hubiese sabido todo el tiempo y de pronto su subconsciente se lo hubiese revelado.

La cabeza le daba vueltas; le costaba procesar todo aquello, las implicaciones que tenía. Había pasado tantos años comparándose negativamente con su madre que ni se había parado a pensar en que Izar le había dicho una y otra vez que era hermosa. Había dado por hecho que era parte de su juego, de su afán por convertirla en un maniquí que fuera de su brazo vestida con los diseños de la firma Girard.

Pero... ¿y si no se trataba de eso, o no solo de eso? ¿Podría ser que un hombre como Izar la encontrase tan hermosa como decía? ¿Y si el modo reverente, apasionado y lujurioso en que la había tocado aquella noche explicase esa tensión que había entre ellos? ¿Y si no se tratase del hecho de que fuesen tutor y pupila, sino algo mucho más sencillo: que eran un hombre y una mujer, y cuando se tocaban saltaban chispas?

No, no había ninguna duda. Estaba convencida, tenía una certeza absoluta; se lo decía su intuición femenina. Nunca había estado tan segura de nada. Sí, todo había cambiado aquella noche en su apartamento. Todo había empezado cuando ella se había quitado el vestido y se había quedado prácticamente desnuda ante él. Izar no le había arrojado la colcha para que se tapara, ni le había ordenado que volviera a ponerse el vestido. No se había apartado de ella enfadado ni repugnado. No, desde luego que no...

¿Cómo podía ser que hubiese tardado tanto en darse cuenta de que desde el principio había sido ella quien había tenido la sartén por el mango?

–¿Se puede saber por qué diablos sonríes ahora? –exigió saber Izar, que seguía plantado al otro lado de la mesa.

Estaba de mal humor, estaba furioso. Y el brillo inconfundible del deseo refulgía en sus ojos negros.

–¿Quieres saber por qué? –la sonrisa de Liliana se hizo más amplia–. Porque acabo de darme cuenta de que no eres tú quien tiene el poder; lo tengo yo.

Capítulo 7

IZAR había dejado que Liliana le hiciera perder los estribos, y no parecía ser capaz de serenarse. Había perdido por completo el control de la situación. Jamás hablaba de su infancia. Nunca le había contado a nadie las penurias que había pasado de niño. La mayoría de la gente daba por hecho que sus padres habían muerto, no que ni siquiera sabía quién era su padre y que su madre no había sido digna jamás de tal nombre. ¿Por qué diablos le había contado todo aquello a Liliana, precisamente a Liliana?

Y ahora que se lo había contado, y encima sin ningún motivo de peso, ¿por qué estaba empeorando las cosas dejando que siguiese provocándolo? Era como si ejerciera algún tipo de embrujo sobre él cada vez que estaba con ella; tenía que alejarse de ella para liberarse de él, tenía que calmarse y aclararse la mente.

De hecho, había tenido toda la intención de poner fin a aquella desastrosa cena e irse a correr unos cuantos kilómetros en la cinta o a hacer unos cuantos largos en la piscina para ver si con eso lograba recobrar el control sobre sí mismo y apaciguar sus ánimos, pero entonces ella había tenido que levantarse de la silla. Y él había perdido la cabeza al vislumbrar su larga y torneada pierna. Y ahora estaba sonriéndole con picardía, como si supiese lo atraído que se sentía por ella.

La Liliana que estaba mirándolo en ese momento parecía muy segura de sí misma. Esa noche estaba tan elegante que se le había cortado el aliento al verla, porque el vestido que llevaba parecía hecho a medida para resaltar sus curvas. Además, se había hecho un recogido clásico con gruesas trenzas en un guiño a un estilo más moderno, y se había maquillado los ojos de un modo que le daba un aire exótico y misterioso.

Por las fotografías de su graduación que había visto en la página web de la universidad, sabía que era guapa, y quizá siempre hubiera intuido que, teniendo como tenía los genes de su madre, algún día heredaría el título de Clothilde de la mujer más admirada y elegante de Europa y buena parte del mundo, pero no se había dado cuenta hasta esa noche de que eso ya había pasado. Era como si la Liliana que tenía ahora ante sí hubiese estado ahí desde un principio, escondida tras esa otra Liliana mal vestida y peinada del Bronx, pero ahora que tenía las herramientas adecuadas hubiese salido a la luz. ¡Y cómo brillaba!

Sí, no había duda de que la heredera Girard Brooks era ya una mujer hecha y derecha, y que estaba lista para reclamar su trono. Eso debería alegrarlo, pero no era precisamente esa la sensación que recorría su cuerpo en ese momento. Más bien era una sensación de ira mezclada con deseo. Notaba una sensación de tirantez en la entrepierna, y estaba a solo un paso de subirla encima de la mesa y disciplinarla con la lengua, y con los dedos.

–¿Qué has dicho? –le espetó.

Ella levantó la barbilla, desafiante, y lo miró a los ojos para responderle.

–No puedes obligarme a casarme contigo –dijo en un tono altanero que no le había oído antes–. Y lo sabes. Crees que te obedeceré solo porque es lo que he hecho hasta ahora. Pero la realidad es que no eres más que mi tutor legal –encogió un hombro–. Si quieres que me convierta en tu esposa, te sugiero que por una vez intentes impresionarme un poco.

Lo cual no era un «no» en redondo, pensó Izar. Sin embargo, antes de que pudiera hacer esa observación, Liliana arrojó su servilleta sobre la mesa con mucho dramatismo, se dio media vuelta y se dirigió hacia la puerta, como si para ella la velada ya hubiese concluido.

Izar ni se lo pensó; la agarró por el brazo antes de que pudiera entrar por la puerta y la hizo girarse hacia él para luego atraerla hacia sí.

–Esto es exactamente a lo que me refería –lo increpó furiosa.

Si hubiera podido, lo habría fulminado con la mirada. Pero Izar ya estaba cansado de tanto hablar. Lo único que había conseguido hablando con ella había sido hacerle perder los estribos y acabar contándole cosas que nunca le había contado a nadie. Y aquello era inadmisible.

La atrajo aún más hacia sí, dejando suelto a ese monstruo rugiente y lujurioso que habitaba en su interior, y se apoderó de su boca.

Los labios de Liliana tenían un sabor más dulce que cualquiera de los mejores vinos que había probado. Y era suya..., rugía algo dentro de sí. Pero quería más.

Liliana gimió contra su boca y él sintió ese gemido como un fuego incontrolado que se coló bajo su piel y descendió hasta su entrepierna. La deseaba tanto... Liliana le rodeó el cuello con los brazos cuando la atrajo aún más hacia sí, y él ladeó la cabeza para poder devorar mejor cada rincón de su boca. Introdujo las manos entre los rubios mechones de su cabello y deshizo las trenzas para que quedara suelto y le cayera sobre los hombros como una sedosa cascada que desprendía el aroma a frutas de su champú.

Y a pesar del festín que estaba dándose con su boca, con esos labios carnosos y esa lengua traviesa, seguía sin ser suficiente. Quería más.

Sin dejar de besarla la hizo retroceder de espaldas hasta la mesa y la sentó sobre el borde. Solo entonces despegó sus labios de los de ella. Los ojos azules de Liliana brillaban como si estuvieran llenos de estrellas, y sus mejillas estaban encendidas.

Se puso de rodillas frente a ella, pero no para pedirle que se casara con él, sino para devorarla, como el lobo feroz del cuento.

–Izar... –susurró ella.

Su voz sonaba ronca, su pecho subía y bajaba, y en sus ojos se leía el mismo deseo que se había disparado por sus venas. Le puso las manos en las caderas y la notó estremecerse, pero no hizo ademán alguno de apartarlo ni de zafarse de él. De hecho, no veía en ella la menor vacilación.

–Prepárate –le advirtió él.

Liliana se agarró al borde de la mesa y él le levantó el vestido, dejando al descubierto esas piernas perfectas, torneadas. Se le estaba haciendo la boca agua.

Se las abrió un poco más con sus anchos hombros, y sonrió al oír el gemido ahogado y suplicante de ella. Se inclinó y apretó los labios contra su monte de Venus, cubierto por unas braguitas de encaje.

Liliana levantó las caderas y emitió un largo y dulce gemido. Izar succionó mientras le sujetaba las caderas, y luego comenzó a juguetear con ella, lamiendo las braguitas, mordisqueándola suavemente a través de la tela..., y perdió la noción del tiempo, envuelto como estaba en su aroma y con sus muslos enmarcándole el rostro.

Cuando notó que estaba dispuesta, tiró de las braguitas, que se rasgaron sin demasiado esfuerzo, y aquello pareció sacudir a Liliana como una descarga eléctrica.

Todo su cuerpo se estremeció: fue un temblor que subió por sus preciosos muslos, por el abdomen y aún más arriba. Su respiración se había tornado trabajosa. Izar se metió las braguitas rotas en el bolsillo de la chaqueta, asió a Liliana por las caderas y tiró de ellas hacia delante.

–Izar...

–Shhh... Vamos a ver quién es aquí quien tiene el poder –susurró contra sus labios vaginales.

Notaba tenso por el deseo cada músculo de su cuerpo, pero inclinó la cabeza un poco más y comenzó a lamerla.

Las manos de Liliana se enredaron en su cabello. Le tiraba del pelo y gemía dulcemente. La torturó sin piedad, haciendo que se balanceara, arqueándose impúdicamente contra su boca. Solo cuando gritaba de placer de tal manera que casi estaba a punto de compadecerse de ella, succionó con fuerza el clítoris.

Liliana explotó. Se estremeció durante un largo rato, y mientras la observaba, con la cabeza echada hacia atrás, ajena a todo, desnuda de la cintura para abajo y despatarrada sobre la mesa como si fuera su festín personal, Izar pensó que jamás le había parecido tan hermosa como en ese momento.

Se irguió, y dejó caer la falda del vestido de Liliana, ignorando lo que le pedía el cuerpo. No se trataba de satisfacer sus propias necesidades. Se trataba de demostrar quién tenía el poder. Era ella quien lo había dicho.

Liliana hizo ademán de levantarse, pero parpadeó cuando volvió a derrumbarse contra el borde de la mesa, como si las piernas no le respondieran, y él la sujetó hasta que se repuso.

–He disfrutado muchísimo con esta conversación acerca de que eres tú quien tiene el poder –le dijo Izar con malicia. Liliana se sonrojó–. Deberíamos repetirlo. Tal vez cuando hayas recobrado el aliento.

Se dio media vuelta y echó a andar hacia la puerta, consciente de que, si no se marchaba de inmediato, la tomaría allí mismo, sobre la mesa.

Había una parte de sí que no comprendía por qué tenía que contenerse, pero otra parte de él, la que llevaba años dominando el mundo empresarial, era más sensata. Durante todo ese tiempo había tratado a Liliana como si fuese frágil, quebradiza, como un objeto de colección que había que mantener a salvo en una repisa, en vez de como a una socia en potencia. Ahora se daba cuenta de que se había equivocado.

Liliana estaba empezando a sentir la atracción del poder, y era evidente que quería saber lo que se sentía al ejercerlo. Pero no había nada más peligroso e incontrolable que un advenedizo al poder cuando había probado ese dulce néctar. Quizás después de lo de esa noche reflexionaría y se daría cuenta de que el poder era un arma de doble filo.

–Esto... esto no cambia nada –jadeó Liliana detrás de él mientras se alejaba, y él reprimió a duras penas una sonrisa–. Sé que lo que te he dicho es la verdad. Sobre ti. Sobre los dos.

–Si tú lo dices... –respondió él, girando la cabeza, pero sin detenerse–. La boda será en Navidad; empezaremos a planificarla mañana.

Y la dejó allí, acalorada, jadeante y temblorosa.

El día siguiente amaneció despejado y soleado, y Liliana debería sentirse encantada de que, después de casi dos semanas encerrados en la villa, Izar hubiera decretado que ese sería el día en que aprovecharían para hacer una salida.

El problema era que no había dormido nada. Al meterse en la cama estaba tan agitada de deseo, y tan avergonzada de haber dejado a Izar que hiciera lo que se le antojara con ella, que le había costado muchísimo conciliar el sueño. ¿En qué había estado pensando? ¿Por qué le había dejado hacer aquello?

A lo largo de todas esas horas de desvelo, dando vueltas en la cama, se había jurado que huiría de allí, aunque tuviera que hacerlo calzándose unas raquetas para poder avanzar por la nieve. Y se había jurado también que jamás, jamás, permitiría que volviera a tocarla, y mucho menos entre las piernas. Toda la noche había notado allí abajo un calor húmedo insoportable.

Sin embargo, al despertarse por la mañana había ido a ducharse, como cada día, y luego había bajado a desayunar como una obediente autómata. Era como si no tuviese control alguno sobre sí misma, como si el poder que ejercía Izar sobre ella fuera tan fuerte que no podía escapar a él de ningún modo.

Al entrar en el comedor, bañado por el sol que entraba a raudales por el ventanal, se detuvo y se quedó mirando a Izar, que así, con los rayos del sol, parecía menos intimidante, y casi humano.

–¿Piensas quedarte ahí de pie toda la mañana? –la provocó en un tono amable, sin levantar la vista de su tableta–. Deberías haberme dicho que lo tuyo era el arte interpretativo. Déjame adivinar cómo se llama esta *performance* que estás representando ahora: «No desayunaré sin tener antes una discusión».

Se comportaba como cualquier otra mañana, pensó Liliana. Claro que para él nada había cambiado.

La verdad era que no tenía muy claro por qué ella tenía la sensación de que todo había cambiado, de que esa mañana el mundo de repente le pareciera irreconocible. O quizá fuese solo una percepción suya. Se sentía como si Izar la hubiera agarrado por los pies, la hubiera puesto boca abajo y la hubiera agitado como a una maraca.

–Esto tiene que parar –le dijo.

No fue a sentarse a la mesa con él, sino que se cruzó de brazos y lo miró irritada, a pesar de la cantidad de veces que él le había dicho que esa postura la hacía parecer vulgar, como una verdulera.

–Si te refieres a tratar de intimidarme con esa cara de pocos amigos que tienes estoy de acuerdo –respondió él tan tranquilo.

–No estoy bromeando. Estoy cansada de que me...

–¿De que te qué? –la cortó él, dejando a un lado la tableta y fijando sus ojos negros en ella–. ¿De que te dé tanto placer que empieces a gritar a pleno pulmón y acabes jadeante sobre la mesa del comedor? ¿O de que te diga unas cuantas verdades que preferirías no tener que afrontar? ¿O quizá lo que encuentras de mal gusto es que hable de esas cosas a plena luz del día?

Liliana no se había esperado esa respuesta. Lo que había esperado era que cambiase de tema. No que... que le soltase eso y se quedase ahí sentado, mirándola divertido. El brillo astuto de los ojos de Izar la hacía sentirse incómoda, y de pronto notaba calor en las mejillas y un cosquilleo por todo el cuerpo. Tragó saliva.

–Yo no grité –le dijo con altivez.

Izar se limitó a sonreír.

Horas después, Liliana se reunió con Izar en el vestíbulo, como él le había ordenado. Seguía de mal humor, o quizá estaba de peor humor que en el desayuno, porque esa era la segunda vez en el día en que le había obedecido cuando había tenido intención, como mínimo, de armar una zapatiesta.

–Ponte algo informal –le había dicho Izar mientras desayunaban–, pero recuerda que esto es Saint Moritz, no un poblacho de montaña de Colorado donde los hombres llevan barba y esas espantosas camisas a cuadros de franela.

–No tengo ni idea de a qué te refieres –había respondido ella para fastidiarle.

–Piensa en algo sofisticado y chic –le contestó Izar sin alterarse–. No es momento para que te recrees en tu concepto universitario de la moda.

Lo que más le había molestado de esa pulla hacia el atuendo con que la había visto en Nueva York, en su fiesta de cumpleaños, era que si había empezado a vestirse así era porque por una vez había querido integrarse, y por eso había imitado el estilo de sus amigas. No le parecía que hubiera nada vergonzoso en eso. Sin embargo, de pronto se encontraba con que ahora estaba de acuerdo con él, y eso la sulfuraba y mucho.

Resultó que estaba descubriendo que le gustaban aquellas prendas tan bien confeccionadas y de corte impecable que Izar había hecho que le llevaran. Le gustaban mucho más que las que había comprado en distintas cadenas de tiendas de Nueva York. Llevaba menos de dos semanas en compañía de Izar y ya había perdido por completo su identidad.

–Si no quieres que aparezca con una sudadera y unos vaqueros no tienes más que decirlo –le había espetado a Izar con el ceño fruncido–. No es tan difícil. Además, me pondré lo que me dé la gana.

Y, sin embargo, al final no había bajado vestida ni mucho menos con una sudadera y unos vaqueros. Y no solo porque de toda la ropa que él le había proporcionado no había ni una prenda que pudiera disgustarle, sino porque, aunque en un principio se había propuesto desafiarlo, había acabado escogiendo un vestido corto de lana, informal pero chic, y unos leggings gruesos, y había completado el conjunto con una bufanda, un anorak y unas botas de nieve con un ribete de piel sintética.

Parecía una de esas famosas a las que los paparazzi fotografiaban en las calles de Saint Moritz, y se detestaba por ello.

–Estás muy guapa –le dijo Izar, sosteniéndole la puerta cuando fueron a salir.

Y ella, aunque no querría admitirlo, no pudo evitar que la recorriera una cálida sensación al oírle ese cumplido, simplemente porque por una vez había conseguido agradarlo.

Por suerte, esa sensación se desvaneció rápidamente cuando la ayudó a subirse en el asiento de atrás de un todoterreno que estaba esperándolos en lo alto de una estrecha carretera con marcas de quitanieves que no había visto hasta ese momento porque los abetos que había frente a la casa lo tapaban.

–Creía que habías dicho que no había manera de bajar al valle si no era con esquís o con un helicóptero –apuntó cuando estuvieron sentados y el chófer inició el descenso por la sinuosa carretera.

–Te mentí –fue la sucinta contestación de Izar–. Pero eso da igual. Lo que importa es que aún no me has demostrado que eres tú quien tiene el poder, como decías ayer.

–Pues yo creía que sí lo había hecho –replicó ella. Le ardían las mejillas, pero le sostuvo la mirada como si le fuese la vida en ello. Ya no era una virgen asustadiza, e iba siendo hora de que dejase de actuar como tal–. ¿No es eso lo que se deduce de lo que pasó anoche?

Para su sorpresa, Izar sonrió, y la invadió otra cálida oleada, más intensa que la primera.

–La verdad es que no –respondió con suavidad–. Pero, volviendo a lo que estábamos hablando, no tengo el menor interés en retenerte como si fueras mi prisionera. Demuéstrame que puedo confiar en ti y podrás ir y venir cuando te plazca.

–¿Cómo voy a demostrarte algo así cuando no quieres creerlo? –le espetó Liliana–. Lo que quieres es controlarme, no confiar en mí.

–Si confiara en ti no tendría que controlarte –repuso él.

–Quieres que me case contigo –apuntó ella sacudiendo la cabeza–. Para eso yo tendría que confiar en ti, y no es así. ¿Y sabes por qué?, porque tus motivos no están precisamente claros.

–No podrían estar más claros: quiero que seas mi esposa. ¿Qué más motivos necesitas?

Liliana miró hacia delante para asegurarse de que la luna que los separaba del chófer estaba cerrada y él no podía oírlos. Lo que ella quería era que Izar se enamorara de ella y... ¡No! Pero... ¿en qué estaba pensando? No era eso lo que quería. Ni siquiera aunque Izar fuera capaz de amar, cosa de la cual estaba segura que era incapaz.

Pero lo que tampoco quería era anularse a sí misma, que era lo que Izar pretendía que hiciera, casándose con él. Eso sería un suicidio. Y aun así...

–Pues a mí me parece que lo que quieres es que obedezca tus órdenes y haga tu voluntad –le dijo con una voz hueca que no le parecía la suya–. Lo que me describiste con tanto detalle en el avión. Eso no es un matrimonio.

–¿Ahora resulta que eres una experta en lo que respecta al matrimonio? –exclamó él, burlón–. Vaya, pues debo decir que me sorprende, teniendo en cuenta que hasta la fecha no has tenido siquiera una relación. A menos –añadió enarcando las cejas–, que me hayas ocultado que has tenido toda una ristra de novios.

–Yo no te he ocultado nada –respondió ella irritada.

Prefería no mirarle –sabía que estaba intentando provocarla–, así que giró la cabeza hacia la ventanilla, por donde se veían el lago helado y las imponentes montañas que lo rodeaban.

–Quiero tener lo que había entre mis padres: amor, cariño, un matrimonio de verdad. No veo sentido en casarse por menos.

Izar suspiró, y Liliana deseó fervientemente no haber dicho eso. Estaba segura de que ahora destrozaría los recuerdos que tenía de sus padres, igual que destrozaba todas sus ilusiones y todo a lo que ella se aferraba.

–Lo que había entre tus padres era algo muy poco habitual –respondió él con voz ronca. Era como si estuviese rememorando recuerdos de ellos que consideraba especiales y que se había guardado para él–. No puedes quedarte sentada con la esperanza de que algún día encuentres algo así. Puede que te pases la vida entera esperando en vano.

Liliana, que seguía con la mirada fija en la ventanilla, levantó la barbilla, desafiante, y le dijo:

–Pues esperaré toda mi vida, aunque pueda ser en vano.

–A mí me parece que es mejor casarse por razones más prácticas.

Cuando Izar tomó su mano, la recorrió un cosquilleo, llenándola de confusión. Su instinto de autoprotección le decía que apartase la mano, pero no lo hizo. No podía. Además, le habría resultado difícil, porque la mano de Izar, grande y fuerte, había engullido a la suya y no la soltaba.

–Me refiero a intereses comunes, a objetivos comunes –añadió él.

–Ya, a lo que tú te refieres es al cincuenta por ciento de la compañía –respondió ella con aspereza–. No es lo mismo.

Izar se limitó a sonreír.

–Voy a contarte una cosa, algo bastante duro que simboliza una cruda realidad, para la que ya deberías empezar a prepararte –dijo al cabo de un rato.

Liliana suspiró con hastío.

–No puedo ni imaginarme qué entiendes por algo «bastante duro» con las cosas tan poco amables que me escribías en tus cartas, y las críticas que me sueltas sin pestañear cualquier día, cuando estamos desayunando.

Izar ignoró su sarcasmo.

–Lo que iba a decir es que eres guapa y eres rica. Y que si me rechazas pasarás el resto de tu vida con un montón de hombres detrás de ti, hombres de cuyos motivos siempre dudarás. ¿Te querrán por tu cara o tu cuerpo como si fueras para ellos una pieza más para su colección? ¿O irán solo detrás de tu dinero? ¿Querrán hacerse quizá con la compañía? ¿O tal vez te ven como una especie de fetiche porque tus padres eran famosos y murieron jóvenes?

Liliana tiró de su mano para intentar soltarla, pero él no se lo permitió.

–Ya, claro, porque es imposible que nadie se enamore de mí –le espetó molesta–. ¿Cómo iba nadie a enamorarse de mí? No sé cómo se me ha podido pasar siquiera por la cabeza que eso pudiera ocurrir.

–Quizás sí que haya alguno que sienta algo por ti –respondió Izar con mucha calma–. Pero... ¿cómo lo sabrás? ¿Cómo sabrás que no finge?

Liliana volvió a tirar de su mano, esa vez con más fuerza, y aunque él por fin la soltó, aún podía sentir su tacto. Era como si la hubiera marcado a fuego. Maldito Izar...

–¿Y tú qué? –le espetó–. ¿Son esos los argumentos que vas a utilizar para venderte, para convencerme de que me case contigo?

Sabía que debería estar enfadada, que debería sentirse insultada. Y así era, pero para sus adentros no podía evitar desear que Izar fuera alguien que no era. No dejaba de imaginárselo diciendo las palabras que sabía que jamás diría. Era triste incluso el mero hecho de que ansiara que las dijera. Más que triste.

–¿Me estás diciendo que te elija a ti porque al menos contigo tengo claro que no vas detrás de mi dinero y porque ya sé, de antemano, la pobre opinión que tienes de mí? –lo increpó, al ver que él no respondía.

–No –contestó él, divertido, y con esa seguridad apabullante que tanto la exasperaba–. Te casarás conmigo porque es lo que debes hacer. Porque es la única opción que tienes, y también porque es lo más racional. Da igual que te muestres indignada; sabes que lo que digo es la verdad. Y sé que lo aceptarás, antes o después, porque te conozco mejor de lo que te conoces tú misma.

Liliana apretó los dientes.

–No tengo la menor duda de que crees que es así. Pero no por eso tienes razón.

–Ya lo creo que la tengo. ¿Cómo explicas si no que siempre me cueste tan poco sacarte de quicio?

Y tuvo la desfachatez de sonreírle, como si supiera que, aunque ella no lo admitiría jamás, estaba loca por él. Hacía rato que habían llegado a Saint Moritz, y en ese momento el chófer detuvo el todoterreno delante de un lujoso hotel.

Capítulo 8

EL MES de diciembre llegó raudo y frío. La nieve no dejaba de caer sobre el valle de Engadine para deleite de los esquiadores que llegaban de todo el mundo en bandadas a sus famosas pistas para celebrar el comienzo de la nueva temporada.

Saint Moritz, que parecía la imagen de una tarjeta de felicitación navideña con su posición privilegiada a los pies de un lago helado y los Alpes nevados como telón de fondo, brillaba en todo su esplendor en esa época del año.

Y a pesar de que se había jurado y perjurado que se mantendría firme contra Izar, sin saber cómo, en las últimas semanas Liliana se había dejado llevar por sus emociones. Pero solo estaba disfrutando de aquella especie de ensueño; no era una rendición, se decía.

–Estoy asombrado de cuánto ha cambiado tu actitud –dijo Izar una mañana, cuando estaban desayunando–. Casi estoy por pensar que te has dado un golpe en la cabeza.

Liliana tomó su taza de café entre ambas manos con una sonrisa serena y giró la cabeza hacia el ventanal, a través del cual se veían los pueblecitos del valle cubiertos por la nieve y bañados por el sol.

–Estoy practicando la gratitud –le dijo, haciéndose la tonta.

Cuando volvió de nuevo la cabeza, Izar fijó su intensa mirada en ella un instante antes de volver a bajar la vista a su tableta, disimulando una sonrisita, y Liliana reprimió también una sonrisa. Era casi como si no hubiera ninguna animosidad entre ellos.

–Entiendo –murmuró Izar–. En ese caso, lo apruebo.

Liliana se dijo que le daba igual si contaba con su aprobación o no. Por una vez estaba haciendo lo que le apetecía. Sin embargo, la verdad era que sí le agradaba que aprobase su comportamiento. Porque, aunque no quisiese admitirlo, siempre había ansiado su aprobación.

Y era como si, al haberse permitido fantasear con que Izar se enamorara de ella, hubiera decidido que quería... averiguar cómo sería tener una relación con él.

Por eso había decidido seguirle la corriente o, cuando menos, dejar de discutir con él por lo más mínimo. Al principio había sido algo inconsciente. Se había dado cuenta de que no tenía sentido discutir con quien tenía el poder, con quien estaba al mando; lo único que conseguía era pasarse la noche irritada y en vela.

En vez de oponerse a él, había optado por disfrutar al ver cómo se oscurecían los ojos de Izar cuando la veía entrar en la sala donde él estaba, y cómo sus labios se curvaban ligeramente. Era la prueba de que, como había descubierto aquella noche en Nueva York, no le era tan indiferente como quería hacerle creer. Más bien todo lo contrario.

Sabía que era un juego peligroso fingir siquiera que rendirse era una posibilidad. Izar era de la clase de personas a las que, cuando uno les hacía la más mínima concesión, arramblaban con todo. Y, sin embargo, estaba descubriendo que le resultaba muy difícil no abandonarse a la fantasía que Izar había tejido allí para los dos.

Pero aquello no era para siempre, se dijo. Era solo un interludio; nada más. No tenía sentido que se golpease una y otra vez contra el mismo muro cuando no sacaría nada de ello. Tenía que concentrarse solo en el momento presente. Pronto llegaría la Navidad, y ya que estaba en uno de los lugares más hermosos y pintorescos del mundo, allí en los Alpes suizos, lo mejor que podía hacer era disfrutar de su estancia.

Además, estaba segura de que Izar daba por hecho que iba a enfrentarse a él. Quizá incluso buscase esa resistencia por su parte, esa rebelión. Y precisamente por eso no iba a darle lo que quería. No estaba rindiéndose, se dijo, lo que estaba haciendo era una táctica, una estrategia.

Izar había empezado ya con los preparativos de la boda. Había llevado a una modista de París para que le tomara medidas para el vestido, sin que ella, que se suponía que iba a ser la novia, pudiera dar siquiera su opinión sobre cómo querría que fuera. También había estado llamando al hotel más lujoso de Saint Moritz, y les había ofrecido más y más dinero hasta que, después de mucho decirle que con las Navidades lo tenían todo ya reservado, se habían dado cuenta de que sí, milagrosamente tenían un salón disponible justo para la fecha que él quería.

Liliana había renunciado a intentar discutir con él. Y no era que quisiera que se celebrara aquella boda. Por supuesto que no quería que se celebrara. Ni se iba a celebrar. Pero hasta que no se le ocurriera algún modo de escapar de allí, no tenía sentido agobiarse, ni enzarzarse en discusiones infructuosas que acabarían con ella gimiendo y jadeando sobre la mesa del comedor.

El caso era que, cuanto más dejaba que Izar la tocara y la besara, más frágil se hacía su resolución de marcharse. Por eso había llegado a la conclusión de que merecía la pena mostrarse complaciente con él, o al menos no abiertamente hostil, si con eso conseguía confundirlo.

Sin embargo, por las noches, en la penumbra de su habitación, con la luna y las estrellas como única compañía, no podía negar la verdad: rendirse era fácil, demasiado fácil. Era como montarse en un trineo y deslizarse por la ladera de la montaña sin tener que hacer el menor esfuerzo.

«No vas a casarte con Izar, por más que él lo dé por hecho», se repetía con severidad cada día, cada noche. «Imagínate que eres una agente encubierta, que solo estás interpretando un papel como parte de tu misión».

El problema llegó cuando el mal tiempo comenzó a remitir y, a instancias de Izar, empezaron a salir. Y dejarse ver en público juntos allí, en uno de los lugares del mundo más frecuentados por los famosos, implicaba que no había dónde esconderse de los paparazzi a los que ella llevaba evitando toda su vida. Sobre todo cuando a Izar no le parecía que tuviesen nada que esconder.

–No podemos ir a cenar a ese sitio –replicó Liliana, cinco días antes de Nochebuena cuando Izar le dijo a qué restaurante iban. Estaban en el centro, donde ya se habían encendido las luces de Navidad aunque todavía no había oscurecido–. En esa zona hay muchos paparazzi.

–¡Por mí como si hay doscientos!

A Liliana no le gustó su tono despreocupado.

–¿No eres tú quien me está sermoneando siempre con que tengo que ser cauta y evitarlos?

–Vamos a casarnos dentro de unos días –contestó él. Y a Liliana le dio la impresión de que la miraba con desconfianza, como si no se creyese aquel cambio radical en su actitud–. ¿Por qué habríamos de escondernos?

–Tampoco hace falta que vayamos gritándolo a los cuatro vientos –apuntó ella.

De inmediato deseó no haber dicho eso, porque Izar se paró en seco, se plantó delante de ella, y se quedó mirándola con los ojos entornados y el ceño fruncido. Liliana tragó saliva.

–No era eso lo que quería decir... –balbució.

El atardecer estaba dando paso ya a la noche, corría una brisa fría con olor a nieve recién caída, y por las calles paseaban esquiadores que acababan de bajar de las pistas, y turistas adinerados que iban parándose a mirar los escaparates. Sin embargo, Liliana no percibía nada de todo aquello porque los ojos de él seguían fijos en los suyos.

Y, cuando Izar le puso la mano en la mejilla, fue como si todo lo que los rodeaba desapareciera. A Liliana se le escapó un gemido ahogado, y no pudo resistirse a apoyar el rostro contra la cálida palma de su mano.

Ese calor se transmitió al resto de su cuerpo, como si las manos de Izar estuvieran deslizándose por su piel desnuda, como si estuviese devorando con la lengua de nuevo la parte más íntima de su cuerpo, como si no estuviesen en medio de una transitada avenida, sino a solas, en un lugar mucho más privado. ¿Y por qué de repente estaba deseando que así fuera?

–Me alegra saber que por fin has desarrollado algo de prudencia –dijo Izar inclinando la cabeza hacia ella. Sus labios estaban a solo unos centímetros de los suyos–. Pero empiezo a preguntarme si ese deseo tuyo de evitar a los paparazzi no se deberá a otras razones completamente distintas.

–¿Qué otras razones podría tener? –inquirió Liliana con un hilo de voz. Se aclaró la garganta. La mano de Izar seguía en su mejilla, y no se sentía capaz de apartarla. Peor aún: no quería apartarla–. Me he acostumbrado a permanecer fuera del alcance de los flashes, eso es todo.

–Demuéstralo –la retó Izar en un tono quedo pero intenso.

–¿Cómo quieres que te lo demuestre? –inquirió ella, forzando una sonrisa para que no se diera cuenta de lo nerviosa que estaba–. Porque, si estás sugiriendo que hagamos algo escandaloso aquí, en medio de la calle, con el frío que hace, siento decirte que no estoy muy por la labor. Y, si a lo que estás retándome es a que te bese aquí, en público, aunque puedan hacernos fotos... no es que me oponga, pero como desde que tuve edad para empezar a salir con chicos me has estado martilleando con sermones sobre el decoro y besarse en público... no sé, me costaría un poco hacerlo –apuntó. Izar dejó caer su mano–. Pero, si te parece necesario... haré un esfuerzo –le dijo pomposamente.

–No hace falta ponerse tan teatral –replicó él–. De

hecho, lo único que necesito es que me des una respuesta.

Metió la mano en el bolsillo de su abrigo, y sacó una cajita de terciopelo rojo. En la parte de arriba tenía estampado en dorado el logotipo de una joyería tan famosa que una mujer que pasaba, al reconocerlo, lanzó una exclamación de admiración y les siseó algo a las dos amigas que la acompañaban. Liliana no podía apartar los ojos de la cajita.

Algo dentro de sí le gritaba que le diese un manotazo y saliese corriendo, ahora que aún podía. Y sabía que era lo que debería hacer, pero el corazón le martilleaba pesadamente en el pecho.

–Mírame, Liliana –le ordenó Izar con esa voz profunda, mezcla de terciopelo y acero–. ¿Quieres casarte conmigo?

Liliana comprendió que, el que le hubiera preguntado, en vez de gruñirle una orden y ponerle el anillo en el dedo, significaba que Izar estaba teniendo una cortesía poco corriente con ella. Más aún: para empezar hasta se había tomado la molestia de comprar un anillo. Y ella era tan tonta que ese pequeño gesto había hecho que su corazón palpitara de la emoción.

Había un árbol de Navidad frente al hotel que estaba detrás de Izar, muy alto y cargado de adornos y luces de colores, pero ella seguía sin ver nada más que la caja en las manos de Izar. Finalmente él la abrió y a Liliana se le cortó el aliento al ver el anillo. Era como un nudo de finas cuerdas de diamantes que se entrelazaban en torno a uno de mayor tamaño engarzado en el centro, y todo el conjunto relucía de tal modo que eclipsaba a las luces de Navidad, a los escaparates, y hasta a la blanca nieve. Era un anillo inusual. Era precioso.

Se moría por tocarlo, por probárselo, pero de ninguna manera podía aceptarlo. Si le hubiese ordenado que lo aceptase habría sido distinto, pero le había preguntado si lo quería. Estaba proponiéndole matrimonio, no dictándole una serie de normas que tendría que obedecer. Y eso implicaba que tenía que rechazar su proposición. Porque podía no montar una escena y decirle que sí quería casarse con él, o hacer lo que su conciencia le dictaba que debía hacer.

Izar no dijo nada más. No tenía que decir nada más. Se quedó expectante, y Liliana, que tenía la impresión de que esperaría todo el tiempo que hiciera falta, prefirió no pararse a analizar por qué al pensar eso había sentido mariposas en el estómago. Izar no parecía incómodo, ni nervioso por cuál sería su respuesta. Era imperturbable, como las montañas que rodeaban Saint Moritz, y capaz de desgastar a cualquiera –y especialmente a ella–, como los vientos que erosionaban poco a poco esas montañas.

–Izar... –murmuró.

Su nombre había sonado como una plegaria, y no era lo que ella había pretendido. Izar continuó mirándola de ese modo tan intenso, aguardando su respuesta, y era como si el anillo estuviera llamándola. Hizo de tripas corazón y abrió la boca para poner fin a aquel juego de una vez por todas... pero, sin saber por qué, lo que salió de sus labios fue un «sí».

Ya de regreso en la villa, nada más bajarse del todoterreno, Izar alzó a Liliana en volandas para llevarla dentro. La luz de los faros arrancaba destellos del anillo que le había dado, y que ahora le decía al mundo entero que era suya. No tenía palabras para describir lo que sentía al verlo en su mano, tan delicada y exquisita como ella.

Cuando Liliana le había dicho que sí y él le había puesto el anillo, la gente que estaba en la calle había aplaudido. Era curioso cómo lo había emocionado algo tan simple como haber recibido ese «sí» de Liliana y haber deslizado el anillo en su dedo. Había sido como si el mundo se hubiese transformado por completo en ese instante.

Se había dicho que esa reacción que había tenido era demasiado sentimental, que si estaba haciendo aquello era porque era lo más razonable, porque era parte de su plan. Y, si había decidido pedirle que se casara con él en un lugar público, había sido únicamente porque había pensado que así mataría dos pájaros de un tiro: que se difundiera su compromiso, gracias a los paparazzi escondidos, y que a la vez Liliana quedara aún más firmemente ligada a él.

No se fiaba de esa docilidad que había estado mostrando en los últimos días. La Liliana a la que él conocía no era así de obediente. No sabía a qué estaba jugando, pero no tenía la menor intención de entrar en su juego.

De hecho, había esperado que le diera un «no» por respuesta. Para empezar ni siquiera sabía por qué había formulado su proposición como una pregunta. El caso es que le había salido así, y se había quedado allí plantado, con la caja del anillo en la mano, esperando a que lo rechazara para besarla hasta dejarla sin aliento, tras lo cual sin duda haría lo que él le dijese.

Pero en vez de eso había dicho que sí. Y por eso había hecho lo que ningún hombre de negocios con sentido común haría al cerrar un acuerdo: le había rodeado la cintura con los brazos, y le había dado un largo beso que solo podría describirse como apasionadamente romántico, algo de lo que estaba seguro que se arrepentiría cuando viera la foto en los periódicos.

Aunque, a decir verdad, en ese momento lo había disfrutado, igual que le había gustado que Liliana apoyara la cabeza en su hombro mientras la llevaba al dormitorio.

Izar la dejó en el suelo, junto a la enorme cama. El corazón le latía como un loco. En los ojos azules de Liliana ardía un fuego embriagador, y le faltó poco para no empujarla sobre la cama y poseerla sin más preámbulos como un salvaje.

En vez de eso se concentró en Liliana. No se fiaba de ella. No creía en la clase de matrimonio que ella había descrito, cargado de todos esos sentimientos. Lo único que él quería era que le obedeciera y tener el control de la compañía. Era lo que él le había dicho.

Pero, por más que se repitiese aquellas cosas, en lo único en lo que podía pensar era en volver a tocarla por fin. Como si fuese un poderoso amuleto, como si solo con tocarla pudiese salvarse, lo cual no tenía sentido porque hacía tiempo que se había dado a sí mismo por perdido.

Acarició su rubia y abundante melena. Trazó con la yema del pulgar sus labios tentadores. Deslizó lentamente las manos por las mangas del corto vestido de lana que llevaba y se lo sacó por la cabeza. No llevaba sujetador debajo, y ya solo la cubrían los leggings y las botas.

–Quítate el resto de la ropa –le dijo.

Su voz sonó extraña. Quizá incluso desesperada.

Los labios de Liliana se curvaron en una sonrisa. Se sacó una bota y luego la otra, y después se bajó los leggings y las braguitas para arrojarlos también a un lado, y se quedó completamente desnuda ante él.

Lo único que llevaba puesto era el anillo que le había dado, algo que no tenía ningún valor sentimental, o eso se decía él una y otra vez. Pero su cuerpo no le escuchaba. Le daba igual lo que él pensara del anillo; lo único que su cuerpo sabía era lo que ese anillo significaba.

«Mía...», parecía decir su cuerpo. Eso era lo que significaba ese anillo. Era como si la palabra resonara dentro de él y recorriera todo su ser, igual que una onda expansiva. La sentía en la garganta, en su miembro palpitante, en los huesos... «Es toda mía...».

Izar se quitó también toda la ropa, sin preocuparse, en su prisa por desnudarse, de que pudiera rasgarla o de que saltara algún botón. Cuando finalmente se hubo liberado de ella, atrajo a Liliana hacia sí. La levantó, ayudándola a rodearle la cintura con las piernas y se abandonó al deseo que lo consumía.

Tomó sus labios mientras Liliana se aferraba a él, entrelazando los brazos en torno a su cuello y apretando sus pechos contra él. Izar deslizó las manos por sus redondeadas nalgas y agarró ambas para mantenerla ahí sujeta mientras devoraba su boca como si nunca antes hubiese besado a una mujer.

Ladeó la cabeza para hacer el beso más profundo,

y siguió asaltando su boca hasta casi sentirse ebrio. Luego se movió hacia la cama para dejarse caer con Liliana sobre ella, y de pronto el calor que lo envolvía se convirtió en el fuego de un volcán.

Rodaron juntos. Liliana quedó debajo y él se dispuso a darse un festín con su cuerpo, empezando por sus pezones endurecidos, que tomó en la boca. Liliana deslizó la lengua por su cuello, y le arrancó un gemido cuando cerró las manos en torno a su miembro erecto. Volvieron a rodar juntos y entonces fue ella quien quedó encima, mirándolo con los ojos enturbiados por el mismo deseo que sentía él.

Se restregó contra su cuerpo, volviéndolo loco, y se inclinó para lamerle los pezones, seguir con la lengua el contorno de sus pectorales y explorar el valle que había entre ellos. Luego retornó a sus labios, y él devoró su boca de nuevo, con el mismo apetito voraz, mientras hundía las manos en su pelo.

Izar la hizo rodar de nuevo con él y al sentir su cuerpo sinuoso debajo de él creyó que iba a perder el poco control que le quedaba, pero entonces Liliana le sonrió. Fue una sonrisa deslumbrante, muy distinta de aquellas sonrisas forzadas o burlonas que normalmente le dedicaba, y sintió una punzada en el pecho, como el quejido de un anhelo acallado largo tiempo.

Liliana tomó su rostro entre ambas manos y lo palpó suavemente, como si estuviese intentando aprenderse de memoria sus contornos. Izar se irguió y alargó el brazo para sacar un preservativo del cajón de la mesilla. Se lo colocó en un tiempo récord, y luego volvió a besarla antes de recorrer su cuerpo con las manos y posicionarse entre sus muslos.

Izar se contuvo para no decir las palabras que pugnaban por escapar de su garganta. Todas le sonaban a promesas, la clase de promesas que un hombre muy distinto a él le haría a una mujer en un momento así. Promesas de amor eterno, de que siempre la protegería...

Él no era ese tipo de hombre, y por eso prefirió expresarle lo que sentía con su cuerpo. Se deslizó dentro de ella muy despacio, y Liliana gimió y echó la cabeza hacia atrás al tiempo que se arqueaba hacia él para llevarlo aún más adentro de sí.

Izar la penetró hasta el fondo. El placer que sentía era tan intenso que pensó que no lo soportaría, pero se contuvo y empezó a moverse lentamente, decidido a hacer que Liliana perdiera la razón y no pensara en nada más que en él. Inclinó la cabeza y succionó sus pezones, alternando entre uno y otro, hasta que la tuvo retorciéndose impaciente debajo de él. Entonces se incorporó un poco, y movió las caderas un poco más deprisa al tiempo que introducía una mano entre ambos para estimular su húmedo clítoris.

Liliana gritó su nombre cuando le sobrevino un primer orgasmo, pero él no se detuvo, sino que siguió sacudiendo las caderas hasta que ella comenzó a arquearse de nuevo para responder a sus embestidas mientras le clavaba los tobillos en las nalgas y le mordía el cuello. Izar continuó dándole placer y enseñándole, y, cuando alcanzó de nuevo el orgasmo, con un largo gemido, él la siguió.

Fue una noche muy larga. Por fin la tenía en su cama, pensó, donde estaba su lugar, pero no quiso detenerse a analizar las implicaciones de esa afirmación. Había muchas otras cosas que estudiar y explorar, como cada centímetro del hermoso cuerpo de Liliana.

En un punto de la noche, para retomar fuerzas, hizo que les llevasen algo de comer a la habitación y se sentaron frente al fuego, aunque estaba seguro de que horas después ni se acordaría de lo que habían comido. Lo que sí recordaría siempre, era cómo la había llevado hasta un sillón al terminar, la había hecho colocarse a horcajadas sobre él, y después de muchos besos y caricias le había enseñado a cabalgarlo.

Y aquello no había hecho más que empezar. Al cabo de un rato perdió la cuenta de las veces que hicieron el amor, de todas las cosas que le descubrió. Y él, por su parte, se deleitó con cada gemido de Liliana, con cada suspiro. No hubo un solo centímetro de su cuerpo que no marcara a fuego con sus labios o con sus dedos. Y se quedaban dormidos, abrazados el uno al otro, y luego se despertaban y volvían a empezar otra vez.

Cuando volvió a despertarse ya estaba amaneciendo. Liliana estaba acurrucada contra él, y los rayos del sol comenzaban a filtrarse por las ventanas, encendiendo su melena dorada como si estuviera en llamas.

Nunca había sentido nada parecido a lo que estaba sintiendo en ese momento, pensó deslizando una mano por el costado de Liliana. Era una sensación de calma, de contento, y a la vez algo se desbordaba en su pecho, incontenible. «Esto es la felicidad», se dijo. Era algo muy extraño, una locura, pero notó cómo sus labios se curvaban en una sonrisa.

Liliana se estaba despertando. Se desperezó y hundió el rostro en el hueco de su hombro. Luego alzó el rostro hacia él y parpadeó, aún adormilada. Sin saber por qué, Izar sintió una punzada en el pecho.

–Buenos días –le dijo.

Su voz ronca y el brillo travieso de sus ojos azules hizo que el deseo volviera a despertarse en él.

Izar no podía articular palabra, así que alargó la mano y apartó con delicadeza un mechón de pelo del rostro de Liliana. Ella se incorporó y abrió la boca como si fuera a decir algo, pero en vez de eso palideció de repente.

–¿Estás bien? –inquirió él frunciendo el ceño.

Liliana no le contestó, sino que se tapó la boca con la mano, se bajó apresuradamente de la cama y corrió al cuarto de baño. Poco después, al oírla vomitando, él sintió que un escalofrío le recorría la espalda y fue tras ella.

Cuando entró en el cuarto de baño la vio levantando la cabeza del inodoro, junto al que estaba agachada, para luego dejarse caer al suelo, con la espalda apoyada contra la pared y una expresión confundida. Izar no dijo nada, sino que fue al lavabo a llenar un vaso de agua y humedecer una pequeña toalla.

Luego se acuclilló junto a ella desoyendo las protestas de Liliana, que le decía que estaba bien, le puso el vaso en las manos y le aplicó la toalla mojada en la frente y en la nuca.

–Bebe un poco –le dijo–. A sorbitos.

Liliana, que estaba toda temblorosa, suspiró y tomó un sorbo, y luego otro. Poco a poco dejó de temblar.

–Perdona –murmuró aturdida–. No sé qué me ha pasado... Debe de ser que algo de lo que comimos anoche me ha sentado mal.

Él se quedó mirándola un buen rato mientras echaba cuentas mentalmente, recordando que aquella noche en su apartamento del Bronx no habían usado preservativo. Y por más veces que hiciese la cuenta, siempre le salía el mismo resultado. Poco a poco, Liliana iba recobrando el color. El motivo de que le hubieran entrado náuseas precisamente al levantarse era más que evidente.

–Liliana –le dijo, y de pronto su nombre le sonaba distinto.

Aquello lo cambiaba todo, le gustara a ella o no, y estaba seguro de que cuando comprendiera qué estaba pasando no le iba a gustar. A él, en cambio, y para su sorpresa, sí le parecía algo bueno. Era una sensación extraña. Se sentía como si hubiese algo rugiendo dentro de él, se sentía triunfante, dispuesto a conquistar el mundo.

Además, aquello solo venía a subrayar el sentimiento que tenía de que Liliana era suya, irrevocablemente suya. Era imposible no considerar aquello más que como una victoria, una gran victoria, y tuvo que hacer un esfuerzo para no exteriorizar su júbilo.

–No creo que sea eso, que algo te haya sentado mal –le dijo con una sonrisa amable. Levantó la mano y le remetió un mechón dorado detrás de la oreja para apaciguar esa sensación exultante que bullía en su interior–. Creo que estás embarazada.

Capítulo 9

LILIANA se negaba a creerlo. Se negaba incluso a considerarlo como una posibilidad. Era imposible que estuviera embarazada. ¡Embarazada de Izar! Ni siquiera quiso creerlo cuando Izar llamó a un médico que fue a la casa y le hizo un análisis de orina y otro de sangre para que pudieran estar absolutamente seguros.

–Creo que ya va siendo hora de que te enfrentes a la realidad –le dijo Izar, de pie en el umbral de su habitación.

No... Aquello no podía estar pasando. ¿Cómo podía estar pasando? Liliana deslizó las manos por su vientre, pero no notó nada distinto. ¿De verdad Izar y ella habían creado una nueva vida, a un ser que estaba creciendo en su interior? «Una familia...», le susurró su vocecita interior, como si eso fuera algo bueno. No podía pensar con claridad.

–No sé cómo puede haber pasado esto –acertó a decir.

Quizá fueran las primeras palabras que pronunciaba desde que el doctor le había dicho el resultado inequívoco de las pruebas y se había marchado. Se quedó donde estaba, sentada al borde de la cama, con los ojos fijos en las llamas de la chimenea y parpadeando con incredulidad.

–¿No lo sabes? –le espetó él–. Cada vez me cuestiono más que valiera la pena gastarme lo que me he gastado en tu carísima educación.

Lo peor de todo era que Izar parecía tan... relajado. Era como si de pronto se hubiese transformado en el Izar que siempre había fantaseado con que pudiera llegar a ser.

De forma involuntaria, los recuerdos de la noche anterior inundaron su mente. Sí, la noche anterior Izar también se había mostrado muy relajado, y casi despreocupado, mientras se entregaban al deseo y al placer una vez, y otra, y otra... Se había comportado como jamás se había atrevido a imaginarlo: como un amante, y no como su tutor.

Pero el modo en que estaba mirándola en ese momento hizo que se le erizara el vello. Estaba mirándola con un aire demasiado benévolo, como si todo aquello hubiese resultado tal y como él había esperado.

–¿Estás de broma? –le espetó Liliana, alzando finalmente la vista hacia él. Se apartó el cabello del rostro, y resopló irritada al ver que le temblaban las manos–. Esto no puede ocurrir... No puedo estar... –ni siquiera podía decirlo. Sería como admitirlo, como aceptarlo, y le daba igual lo que el médico hubiera dicho–. Soy demasiado joven.

Izar se cruzó de brazos y Liliana se odió a sí misma porque ni siquiera en ese momento, cuando había ocurrido lo peor que podría haberse imaginado, pudo evitar admirar sus bíceps, y sintió que una traidora oleada de calor subía por su cuerpo. Ese había sido el problema desde el principio, que no era capaz de controlar el deseo que Izar despertaba en ella, y ahora tenía un problema mucho, mucho mayor.

–Para tu información –le dijo él–, hay muchas mujeres que han tenido más de un hijo antes de los veintitrés años.

–No puedo estar embarazada –insistió ella desesperada.

Se le hacía rarísimo utilizar esa palabra para referirse a sí misma. Era como una condena, y lo único que quería hacer era echarle la culpa a Izar y que él cargara con ella. Tenía que salir de allí, antes de que fuera demasiado tarde, se dijo, e ignoró a la vocecita interior que le sugirió que ya lo era.

–Tengo toda una vida por delante por vivir –le espetó a Izar.

–¿Ah, sí?

Izar, que estaba apoyado en el marco de la puerta, se irguió y se adentró en la habitación con los andares amenazantes de una pantera.

No lo quería allí, pensó Liliana, deseando que se fuera. O, para ser más exactos, no quería que se acercase más a ella. Si estaba... en la situación en la que estaba, era porque había dejado que se le acercase demasiado. Cada vez que la tocaba era como si el mundo se detuviera.

–¿Y qué clase de vida es esa exactamente? –le preguntó Izar.

Liliana apretó los puños y notó el condenado anillo, como un recordatorio, clavándosele en la palma. El corazón le martilleaba en el pecho y se sentía mareada. Tenía que irse, tenía que marcharse de allí. Cada día que había pasado allí con Izar había sido como traicionarse un poco más a sí misma. Y el que se hubiera quedado embarazada era la prueba de ello.

–¿Habías planeado esto? –lo acusó en un tono áspero–. ¿Provocaste deliberadamente esta situación?

Izar se detuvo a los pies de la cama y se metió las manos en los bolsillos. A Liliana seguía pareciéndole que se le veía demasiado calmado y eso la escamaba. ¿Qué estaba ocultándole? ¿Por qué se mostraba tan contenido?

–Yo era virgen –le recordó con brusquedad–. Deberías haberlo evitado; deberías haber evitado que me pasara esto –lo acusó, y se le quebró la voz.

Izar apretó la mandíbula y permaneció en silencio un buen rato.

–Por supuesto que no lo tenía planeado –dijo finalmente, cuando Liliana sentía que iba a explotarle la cabeza de tanto esperar una respuesta. Pronunció esas palabras de un modo muy cuidadoso y, si hubiese podido pensar con claridad en ese momento, tal vez Liliana se habría preguntado por qué. Izar hizo una pausa antes de añadir–: Pero no puedo decir que lo lamente. Ya te dije qué quería en el avión de camino aquí.

–Sí, herederos –masculló ella–. Dos como mucho; no más. Y mira por dónde otra vez has conseguido lo que querías. Siempre consigues lo que quieres.

Izar volvió a apretar la mandíbula.

–Admito que esto ha ocurrido mucho antes de lo que había planeado –dijo–, pero no me parece que suponga ninguna diferencia. El resultado iba a ser el mismo, antes o después.

Liliana no pudo permanecer sentada por más tiempo. Se levantó de la cama con tanto ímpetu que se tambaleó un poco. Izar alargó la mano, como para sujetarla, y sus ojos relampaguearon cuando ella se apartó, como si su reacción lo hubiese irritado. Pues le daba igual.

–No voy a casarme contigo –le dijo con firmeza. No quería pensar en por qué de repente esas palabras parecían tener un regusto amargo–. No tenía ninguna intención de casarme contigo.

–Estás embarazada –le dijo Izar, en ese mismo tono cuidadoso de antes, como si fuera un autómata–. Así que me temo que este debate sobre si vas a casarte conmigo o no se ha terminado –concluyó, sacando las manos de los bolsillos.

–¿Porque tú lo dices? –le espetó ella. El corazón le palpitaba con tanta fuerza que apenas podía oírse a sí misma–. Pues a mí me parece que hay unas cuantas cosas que discutir.

–Estás muy alterada; lo comprendo –dijo Izar, haciendo un gesto apaciguador con las manos.

–No, no lo entiendes –replicó furiosa–. Tú no entiendes nada.

–¡Liliana! –exclamó Izar frunciendo el ceño.

No quería oírle decir su nombre, y menos en ese tono bronco. Le recordaba a los fríos mensajes y cartas que había recibido de él durante esos diez años. A las pocas veces que la había llamado, solo para darle órdenes y directrices. Le recordaba que incluso después de todo lo que había pasado, de que la hubiese dejado embarazada, creyese que aún tenía alguna autoridad moral sobre ella.

De pronto fue como si se hubiera accionado un interruptor en su interior, como si lo viera todo con más claridad. Y tal vez sintiera también un terrible vacío, a pesar de sentirse de repente tan resuelta, pero lo ignoró.

–¿Y sabes qué? Que puedes irte al infierno –le espetó.

Y enfatizó esas palabras arrancándose el hermoso anillo del dedo y arrojándoselo a Izar con la esperanza de que le diera en el ojo.

Sin embargo, Izar, pluscuamperfecto como era en todos los sentidos, levantó el brazo y lo atrapó al vuelo, como si lo hubieran coreografiado, para fastidio de Liliana, que frunció el ceño y resopló irritada.

–Yo, en tu lugar –le dijo Izar, con esa voz profunda y provocadora que vibraba dentro de ella como una corriente eléctrica–, pensaría con mucho cuidado qué es lo que vas a hacer.

Liliana no quería pensar. No quería quedarse allí ni un momento más. Si no escapaba de aquel lugar, y de él, no sabía qué sería de ella. Se sentía como si tuviese un par de crueles manos estrujándole la garganta, quitándole el aliento y amenazando con asfixiarla.

Por eso no se molestó en seguir discutiendo con Izar. Pasó junto a él dando un amplio rodeo y se fue derecha al vestidor. Casi esperaba que fuera detrás de ella, pero no lo hizo. Inspiró profundamente y expulsó despacio el aire por la boca, pero los latidos de su corazón no se calmaron en absoluto. Y aún se sentía acalorada, asfixiada y desesperada. Se sentía como si le faltase poco para echarse a llorar.

Sin fijarse apenas en lo que estaba haciendo, agarró una maleta de una de las baldas, y empezó a meter ropa y otras cosas en ella: una blusa, un jersey, una falda, dos pares de zapatos, el monedero que no había tocado desde que saliesen de Nueva York... Aquello en sí mismo decía mucho de cómo había acabado en la situación en la que se encontraba: había dejado que Izar la encerrara en aquel lugar, y luego había dejado que hiciera lo que quisiera con ella... y ahora estaba embarazada y se sentía más perdida que nunca.

De hecho, no se había sentido tan perdida desde aquel día a los doce años en que, de pie en el vestíbulo de casa de sus padres, había escuchado a Izar darle órdenes y tomar el control de su vida. Le gustara o no, ya fuera a kilómetros de distancia o en la habitación de al lado, Izar había sido el centro de su vida en los últimos diez años. ¿Sabría siquiera quién era si no lo tuviera a él como su norte?

–Si necesito alguna otra cosa, ya me la compraré –farfulló al darse cuenta de que se había quedado parada, abstraída en sus pensamientos.

Cerró la maleta, se puso una chaqueta, se lio una bufanda al cuello, y se calzó unas botas.

Cuando volvió a salir al dormitorio, Izar aún estaba allí. Estaba apoyado en el tablero de los pies de la cama, con las piernas cruzadas a la altura de los talones, y en cuanto la vio aparecer clavó en ella sus ojos con una mirada furiosa.

–Déjame adivinar –le dijo con aspereza. Liliana sintió una punzada en el pecho, pero la ignoró–. Esta es la parte en la que me recuerdas que solo soy tu tutor e intentas escapar.

–Sí, eres mi tutor –respondió ella, colgándose el

bolso del hombro–. Y no voy a escapar. Voy a salir de esta casa por la puerta, y si hace falta bajaré a pie la condenada montaña.

–¿Y el bebé? –inquirió Izar.

Su tono educado confundió a Liliana. Era como si no le importara que se quedara o se fuera, pensó dolida. ¿Cómo podía ser que estuviera furiosa con él y a la vez que su actitud le hiciese tanto daño?

–Mi hijo, para ser más exactos –puntualizó él.

–No necesito tu dinero –le espetó ella, agitando una mano, en un intento por parecer tan indiferente como él–. Puedes hacer como si no hubiera pasado. O puedo mandarte fotos del niño mientras sigues con tu vida de playboy, pasando de una modelo a otra, como prefieras.

No fue una buena idea mencionar eso de las modelos, porque recordó fotografías que había visto de él en las revistas con alguna modelo en una piscina, y de inmediato la asaltaron los celos. Por eso, y porque su mente se plagó de imágenes de la noche anterior, y de repente se encontró imaginando a Izar haciendo todas esas cosas con otras mujeres. El solo pensarlo la enfermaba. «Sal de aquí de una vez», se ordenó a sí misma, y se dirigió hacia la puerta.

–«Como prefieras»... –repitió Izar, como si no alcanzara a comprender sus palabras. Como si le hubiese hablado en un idioma que no entendiera–. ¿Es eso lo que acabas de decirme? ¿«Como prefieras»?

Liliana sabía que no debería detenerse. Sabía que debería salir por aquella puerta sin mirar atrás, bajar las escaleras, y luego descender la ladera de la montaña hasta llegar a Saint Moritz. No podía salir nada bueno de aquella conversación, y sabía que se arrepentiría si se paraba y se volvía para replicarle. Lo sabía... pero lo hizo.

–Por favor, Izar –le pidió con amargura–. Tampoco es que te importe mucho, así que deja de fingir que sí.

Y entonces Izar explotó. Se apartó de la cama y avanzó hacia ella con el rostro contraído y expresión atormentada. Liliana no se dio cuenta de que estaba retrocediendo, intimidada, hasta que se encontró con la espalda contra la pared y con Izar plantado frente a ella.

–Me juré a mí mismo hace mucho tiempo que si tenía un hijo no me desentendería de él como hizo mi padre –le espetó. Estaban tan cerca que casi se tocaban, pero Liliana tenía la extraña sensación de que Izar estaba conteniéndose para no tocarla, de que no se atrevía a tocarla–. Y ahora vienes tú y te atreves a decirme, con esa indiferencia ofensiva, no solo que pretendes alejar a mi hijo de mí, sino que además me relegas al papel de un mero donante de esperma. Eso es lo que piensas de mí.

–¡Esto no tiene nada que ver contigo! –lo increpó Liliana–. Se trata de mí. Por una vez podrías...

–Estamos hablando del bebé –la cortó él, y Liliana no pudo evitar sentir cierta perversa satisfacción al ver que ya no era el frío autómata de siempre, que tenía sangre en las venas–. También es mi hijo, no es solo tuyo. Esto no va de tu crisis de identidad. No todo gira en torno a ti.

Liliana, que hasta ese momento se había estado controlando, también perdió los estribos. Y quizás también perdió la cabeza, porque se puso de puntillas para estar a su altura, y le espetó, clavándole el dedo en el pecho:

–¿Me estás llamando egoísta? ¿A mí? ¿Ha habido alguna vez que no te hayas salido con la tuya?

Izar la miraba entre atónito y furibundo.

–No, por supuesto que no –continuó ella con sorna–. Porque, si alguien osara ir en contra de tus deseos, el mundo se derrumbaría a tu alrededor.

Los ojos de Izar echaban chispas.

–Si tengo lo que quiero, es porque me lo he ganado –le espetó.

–¿Es así como lo llamas? A mí no me has ganado, Izar –replicó ella. Se dio cuenta de que casi estaba gritándole, pero ya le daba igual–. Prácticamente me secuestraste, me arrastraste aquí y tenías toda la intención de mantenerme aquí retenida para obligarme a casarme contigo contra mi voluntad. Eso no es ganarse nada.

–Tampoco es que tuviera que forzarte para traerte aquí ni para que te hayas quedado todos estos días –le recordó él–. ¿Acaso te amordacé y te metí en la bodega de carga del avión? ¿Acaso te he encerrado en esta casa? –sacudió la cabeza y clavó sus ojos negros en los de ella–. Ni siquiera has hecho intento de marcharte. La puerta de la entrada estaba abierta; podrías haberte ido en cualquier momento. Pero no lo hiciste.

Sus palabras la arrollaron, crudas, incontestables. Tenía razón. Era la pura verdad. No había hecho absolutamente nada para intentar huir. Ni siquiera había ideado un plan de escape. Pero no podía pararse a pensar en eso en ese momento.

–Yo no quería venir aquí –le espetó.

–Pero aquí estás –replicó él.

Liliana tragó saliva y añadió:

–Tampoco quiero casarme contigo.

Eso sí que era cierto. ¿Por qué entonces le había costado decirlo?

–Y aun así la boda está prevista para dentro de solo unos días –apuntó él. Su mirada era implacable, la expresión de su boca severa–. Has dejado que te hagan el vestido, que yo comprara los anillos. Aceptaste el anillo de compromiso.

Liliana sacudió la cabeza. No tenía razón, dijese lo que dijese.

–Tú has forzado todo esto desde el principio. Yo no quería un vestido de novia ni...

–Ya. Y por eso te mostraste tan dócil y dejaste que la modista te tomara las medidas, y que luego te hicieran varias pruebas para ajustar el vestido –apuntó él.

Liliana lo ignoró y continuó hablando.

–Ni tampoco quería ningún anillo de compromi...

–No, claro que no –la cortó él–. Por eso cuando te pedí que te casaras conmigo te reíste en mi cara y rechazaste el anillo, tirándolo al suelo de un manotazo. Fue eso lo que hiciste, ¿no? –le espetó con sorna–. Es que hace tanto que me cuesta recordarlo. Han pasado por lo menos veinticuatro horas.

Liliana estaba temblando por dentro, pero no podía controlarlo.

–Y sobre todo... –siguió diciendo– ¡Sobre todo no quiero un hijo tuyo!

Ese grito enfadado pareció resonar en toda la habitación. A Liliana no le habría sorprendido si se hubieran roto los cristales de las ventanas. Pero sin embargo, aunque los cristales estaban intactos, era Izar a quien parecían haber destrozado sus palabras.

Nunca había visto esa mirada en sus ojos. Parecía atormentado, machacado, desgarrado. No podía soportar verlo así.

Jamás se le había ocurrido pensar que algo pudiese hacer daño a Izar, que nadie pudiese herirlo, y mucho menos ella. Habría dado lo que fuera por poder retroceder en el tiempo y no pronunciar esas palabras. Cualquier cosa.

Fue entonces cuando comprendió lo que estaba ocurriendo. Estaba asustada. Tan asustada... No era miedo lo que sentía; era pavor. Toda su vida había estado marcada y definida por la trágica pérdida de sus padres. Había tenido que aprender a convivir con la soledad desde los doce años. ¿Cómo podía pensar en formar ella una familia?

Y en particular con un hombre que jamás podría amarla. Aunque fuera capaz de amar, nunca podría amarla a ella. Porque para él era solo la chiquilla cuyo cuidado le habían encomendado sus padres.

Esa realidad, difícil de asimilar la sacudió, haciéndola sentirse algo mareada. Apoyó la espalda contra la pared y se obligó a inspirar antes de sincerarse del todo, sin reservas, consigo misma: lo amaba; estaba enamorada de Izar.

Por supuesto que lo amaba. ¿Por qué si no habría estado... «fingiendo» todo ese tiempo? ¿A quién había estado intentando engañar? ¿De verdad había creído que podría seguirle el juego a Izar sin exponerse a acabar con el corazón roto?

¿Por qué si no le habría entregado su virginidad,

después de haber estado reservándose durante tanto tiempo?

Echó la vista atrás, y no pudo recordar ni un solo momento de su vida desde los doce años que no hubiera estado gobernado por Izar. ¿No había suspirado durante todo ese tiempo por su atractivo y distante tutor? Se había pasado todos esos años intentando conseguir su aprobación, por un lado, y por otro diciéndose, cada vez que recibía una de esas bruscas cartas suyas, que no le importaba lo que pensara de ella. Y, sin embargo, jamás había pensado en otro hombre que no fuera él.

Pues claro que estaba enamorada de él. Y sí, por supuesto que tenía sentimientos encontrados hacia él, que la relación entre ellos era tormentosa y enrevesada, porque los dos tenían un carácter difícil, porque cada uno, a su manera, negaba la realidad.

–Izar... –comenzó a decirle balbuciente–. Deberías saber que...

Pero él había retrocedido varios pasos y estaba pasándose las manos por la cara. Nunca lo había visto hacer algo así. Era un gesto tan humano, tan poco acostumbrado en él... De hecho, cuando dejó caer las manos, apenas lo reconocía.

–Tus padres eran para mí algo más que mis socios, y también algo más que amigos –le dijo con una voz tan grave que Liliana se estremeció. Y luego, cuando sus ojos, atormentados, desolados, se encontraron con los de ella, sintió como si algo la desgarrara por dentro–. Eran mi familia.

–Izar... –murmuró haciendo un nuevo intento, para decirle lo que le quería decir.

Pero, si él la había oído, no dio muestra alguna de ello.

–Yo era poco más que un niño de la calle; estaba asilvestrado, pero me convertí en jugador profesional y el fútbol me dio dinero. Tanto dinero que no sabía qué hacer con él –sacudió la cabeza–. Tu madre, una mujer joven y sofisticada, me tomó bajo su protección. Me dio la educación que no había recibido. Y tu padre... tu padre me dio ejemplo y me enseñó a ser un hombre.

Liliana contrajo el rostro y se rodeó la cintura con los brazos. ¿Cómo podría haberse imaginado nada de aquello?

–Yo jamás tuve un padre –continuó Izar–. Y mi madre me abandonó cuando no era más que un crío –sacudió de nuevo la cabeza, como para apartar esos recuerdos–. Así que ya ves. No eres la única que lo perdió todo hace diez años, cuando el avión en el que viajaban tus padres cayó al mar.

–No tenías que contarme nada de eso –murmuró ella–. Yo no...

Pero Izar no dejó que terminase.

–Pero para mí, peor que el perderlos, fue que me nombraran tu tutor y te dejaran a mi cargo –continuó. Sus palabras eran como dagas que se clavaban en el alma de Liliana, dejando terribles marcas–. ¿Cómo podía convertirme en una figura paterna para ti? La sola idea era demencial. Pero ¿cómo podía desoír el último deseo de dos personas que se habían preocupado tanto por mí sin esperar nada a cambio? –soltó una risa áspera, amarga–. No podía. Pero me molestaba tener que cargar con aquella niña de doce años, y me detestaba por ello.

–Izar, para –le suplicó ella.

Alargó una mano hacia él para tocarlo, pero su expresión torva la detuvo.

–No me merezco una familia –le dijo Izar.

A Liliana se le partió el corazón al oírlo. Era evidente que lo decía porque lo sentía de verdad.

–No sé por qué supuse siquiera que las cosas podrían ser de otra manera –continuó Izar–. Por mucho dinero que tenga, sigo siendo un desgraciado que se crio en un barrio de mala muerte dejado de la mano de Dios –sacudió la cabeza–. Pero sigo siendo tu tutor. Estar pendiente de las necesidades que puedas tener es mi deber. Aun cuando choquen con mis deseos –se quedó callado un momento, escrutando su rostro, y a Liliana se le encogió el corazón–. Te apoyaré en cualquier decisión que tomes con respecto al bebé.

Y, dicho eso, la miró y, antes de dirigirse a la puerta, hizo un breve asentimiento que a Liliana, ahora que todo se había ido al traste, se le antojó como una dolorosa parodia del refinamiento que Izar siempre exhibía.

–Izar, espera... –lo llamó angustiada. No podía dejar que se fuera así. Todo su ser le decía que no podía dejar que se fuera así–. Te quiero.

Izar soltó una risa áspera, como si ya nada importara.

–No –le espetó mirándola con dureza, como si fuese una desconocida. Liliana sintió una punzada en el pecho–. Tú no me quieres. Sientes lástima por mí. Y puede que sea un desecho social, que mi sitio esté en el lugar miserable del que provengo, pero tengo mi orgullo, Liliana, y aunque te desee, no aceptaré tu compasión como un sustituto de ese amor que no sientes.

Y sin volver la vista atrás, salió de la habitación, en silencio y con paso firme, dejándola allí plantada.

Capítulo 10

LILIANA no habría sabido decir cuánto tiempo se quedó allí de pie, como clavada al suelo, donde él la había dejado. Podrían haber sido solo unos minutos, pero a ella le parecieron años. Se había quedado paralizada, incapaz de comprender lo que acababa de pasar.

Continuó allí, en medio de la habitación, con las manos sobre el vientre hasta que oyó que llamaban a la puerta. Levantó la cabeza, pensando que pudiera ser Izar, pero no eran más que un par de sirvientas que él había enviado. Le sonrieron educadamente, como hacían siempre, y Liliana se hizo a un lado, como si ella ya no tuviera nada que ver con aquello, con lo que había pasado allí, con lo que había logrado con ese comportamiento irreflexivo que Izar siempre le había echado en cara.

Las observó aturdida mientras tomaban la maleta que ella había dejado caer junto a la pared y la deshicieron. Luego ella misma entró en el vestidor y volvió a hacer la maleta, escogiendo con más detenimiento qué prendas llevarse.

No rechistó cuando una de las sirvientas la tomó por el brazo y la llevó abajo, ni cuando el chófer del todoterreno que la esperaba fuera la ayudó a subir al vehículo.

Solo cuando el chófer se detuvo frente a uno de los hoteles más famosos y con más solera de Saint Moritz, parpadeó confundida.

–Disculpe –le dijo presa del pánico, cuando el hombre se bajó y le abrió la puerta–: No quiero quedarme aquí; tengo que volver. Izar...

–El señor Agustín le ha reservado una suite en el hotel –le dijo el hombre, como disculpándose–. Me pidió que le dijera que, cuando haya elegido un destino definitivo, se le enviarán sus cosas allí.

Liliana se desinfló al oír eso. Dejó que el chófer la ayudara a bajar del coche y entró en el hotel. Fue al mostrador y dio su nombre para que la recepcionista buscara en el registro la suite que Izar había reservado para ella. Cuando el botones subió con ella y le abrió la puerta, se encontró con que la suite era un conjunto de varias habitaciones, a cada cual más amplia, y todas con una vista deslumbrante de todo el valle de Engadine. Sin embargo, a Liliana todo aquel lujo le era indiferente, y más en ese momento. Le habría dado igual que hubiese sido una única habitación con paredes de ladrillo y sin ventanas, y, cuando el botones se marchó, cerrando la puerta tras de sí, se dejó caer en el sofá que tenía más cerca.

Y así pasó un día, y otro, y otro... Pedía que le subieran la comida a la habitación porque tenía que comer, aunque luego siempre se preguntaba por qué se molestaba siquiera en intentarlo cuando todo le sabía a serrín y no tenía el menor apetito. Y cada mañana vomitaba, como un reloj, solo que Izar no estaba allí para ponerle una toallita húmeda en la nuca y darle un vaso de agua.

Y aunque por las noches, después de dar muchas vueltas en la cama, acababa durmiéndose, por las mañanas no se despertaba descansada, sino que se sentía como si tuviese un peso encima del pecho, sofocándola. Conocía muy bien esa sensación. La había acompañado durante mucho tiempo tras la muerte de sus padres: era aflicción, un pesar sofocante y brutal.

Izar era el único vínculo con su familia que le quedaba. Y era mucho más que eso. Era el amor de su vida. Era el padre del bebé que llevaba en su vientre. Era su familia... Pero no quería nada con ella.

Siempre había sabido que no encajaba en ninguna parte, que por más que se esforzara, de nada servía. Era demasiado extraña, demasiado diferente. Y quizá también estaba demasiado marcada por lo que había sufrido y por ser quien era. Pero durante todos esos años siempre había tenido a Izar. Y sus cartas, aunque fueran bruscas y estuvieran llenas de reproches y sermones. Esas cartas la habían seguido a todas partes. La sombra de Izar se había proyectado sobre su vida como una constante. ¿Cómo no se había dado cuenta hasta ese momento de que, inconscientemente, siempre había contado con que estaba ahí, aunque estuviera lejos? Y ahora también a él lo había perdido. Lo había perdido todo. Otra vez.

En Nochebuena, cuando estaba a punto de acostarse, oyó el zumbido de su móvil. Se lanzó sobre él, segura de que sería una llamada de Izar, pero era solo un mensaje de texto. Y por supuesto tampoco sería de Izar. En esos diez años, Izar nunca le había mandado un mensaje de texto. Imaginarlo haciendo algo así era tan delirante como imaginarlo andando desnudo por las calles de Saint Moritz, pero aun así pinchó en el icono del sobre para leer el mensaje con el corazón en vilo, como si hubiese la más ínfima posibilidad de que fuera de él después de todo.

No, era de su amiga Kay:

No mencionaste que, cuando te abdujo esa nave alienígena, también cambiaron tu identidad...

Liliana pinchó en el enlace que Kay adjuntaba, y se quedó de piedra al ver que era un artículo de una revista sensacionalistas en Internet en cuyo titular aparecía su nombre. El suyo... y también el de Izar:

¡Izar Agustín tras la fortuna de la reservada y solitaria heredera Girard Brooks! Aunque es su tutor, le ha pedido matrimonio. ¡Al diablo el escándalo!

El contenido del artículo era repugnante como cabía esperar, y estaba plagado de comentarios maliciosos e insultantes, pero no fue eso lo que llamó su atención, sino las fotografías que lo acompañaban.

Recordaba cada segundo del momento que retrataban, cuando Izar le había pedido en plena calle, en el centro de Saint Moritz, que se casara con él. Recordaba la calma que había exhibido ante ella mientras esperaba su respuesta, como si no le importara cuánto fuese a hacerle esperar. Todavía se le hacía raro mirarse la mano izquierda y no ver en su dedo el anillo que le había dado.

Pero las fotografías mostraban mucho más que los recuerdos que tenía de aquel día. Más incluso que ese largo beso que la había dejado sin aliento. En ellas se veía la expresión de Izar mientras esperaba su respuesta, una expresión muy distinta de la que ella recordaba, tal vez porque en ese momento había estado demasiado imbuida en sus preocupaciones y demasiado aturdida por sus emociones. Y más que la expresión de su apuesto rostro en esas fotos, era cómo la estaba mirando: como un hombre tan enamorado que no sabía ni qué hacer.

Le había pedido que se casase con él, y al volver a la villa la había llevado a su dormitorio, y ni ese día ni después se había cuestionado ella por qué había hecho todo aquello, por qué él, que decía ser tan racional, se había comportado como un hombre perdidamente enamorado. Y quizá ella había estado demasiado alterada por el embarazo como para reconocer en su mirada lo que en esas imágenes se veía tan claramente, se dijo mientras las pasaba, una y otra vez.

No era cierto que Izar no quisiera nada con ella. La realidad era justamente lo contrario. Saltaba a la vista; lo tenía escrito en la cara en todas esas fotografías. Tal vez lo que ocurría era que una persona como él, que había crecido sin saber lo que era el amor, sin recibir ningún cariño, no sabía reconocer esos sentimientos.

Un día volveré a Nueva York y hablaremos largo y tendido de un montón de cosas, incluido lo de los alienígenas. ¡Ah, y feliz Navidad!

Tras escribir en su móvil la respuesta a Kay, sonrió por primera vez desde el día en que se había despertado en la cama de Izar. Por primera vez desde que había descubierto que estaba embarazada de él y le había entrado el pánico.

Se levantó del sofá donde había estado acurrucada, autocompadeciéndose y lamentándose, decidida a ir en busca del hombre al que amaba. Era Liliana Girard Brooks, una mujer hecha y derecha, hija de dos grandes personas, y se sentía orgullosa de ser quien era.

A alguien del servicio se le había ocurrido poner un condenado árbol de Navidad, y el que no hubiera dado orden de que le arrancaran las luces y los adornos, ni de que se lo llevaran, lo cortaran en pedazos y lo quemaran, era prueba más que suficiente de que era una causa perdida, pensó Izar.

Estaba en la biblioteca, en el segundo piso de la casa de la villa, mirando aquella cosa llamativa, con sus molestas luces de colores y sus estúpidos adornos brillantes, y preguntándose por qué diablos seguía allí.

En París, en las oficinas centrales de Agustín Brooks Girard se estaba gestando una tormenta a raíz de aquel estúpido artículo. Normalmente, se habría apresurado a regresar para ocuparse del asunto, pero no lo había hecho. En todo el día no habían dejado de llegarle e-mails y llamadas al móvil, pero los había ignorado todos. No tenía la menor intención de hablar con nadie de su relación con Liliana. Y mucho menos con un grupo de pomposos gordinflones como los miembros de la junta de accionistas.

Se le había pasado por la cabeza que podría perder la compañía por culpa de aquello, que podrían presionarlo con la cláusula de moralidad si quisieran, pero descubrió que a pesar de todos los años y el esfuerzo que había dedicado a Agustín Brooks Girard, no le importaba en lo más mínimo. Ya no. No era más que una empresa. Podría fundar otra si quisiera. Una empresa era algo reemplazable.

Oyó pasos que se acercaban a la puerta abierta detrás de él, pero no se volvió.

–No quiero que me molesten –dijo, dando por hecho que sería alguien del servicio.

–Pues es una lástima –respondió la última voz que esperaba volver a oír. Sobre todo allí.

Se volvió lentamente, seguro de que era solo cosa de su imaginación, de que se encontraría con que no había nadie en el umbral, pero no estaba teniendo alucinaciones. Allí estaba Liliana, aún más hermosa de lo que la recordaba. Le cortaba a uno el aliento. Sus ojos brillaban, un suave rubor cubría sus mejillas... y nada de eso importaba. Liliana jamás podría ser suya. ¿Cómo podía haber pensado siquiera lo contrario?

–Siento interrumpirte; seguro que estabas muy ocupado sintiendo lástima de ti mismo –dijo Liliana, apoyando la cadera en el marco de la puerta. Tenía un aire desafiante–. Parece que estás pasándolo de miedo.

Izar sacudió la cabeza y apartó la mirada.

–Te dejé libre, Liliana. No deberías estar aquí.

–Eres el hombre más cabezota y exasperante que he conocido –le dijo ella con un suspiro.

Izar la miró aturdido, y le llevó un momento darse cuenta de que no parecía enfadada. De hecho, a menos que estuviera equivocado, le había dado la impresión de que lo había dicho en un tono burlón y de que estaba reprimiendo una sonrisita.

–¿Se te ha pasado por la cabeza que tal vez no quiera ir a ningún sitio? Cuando te dije que te quería, lo dije en serio, Izar –dijo cerrando tras de sí.

–Imposible –murmuró él con los puños apretados.

Pero no podía apartar los ojos de ella, y sabía que era lo último que debería hacer, cuando estaban a solas y no estaba seguro de que fuera a ser capaz de mantener las manos quietas.

–Voy a ser la madre de tu hijo –dijo Liliana, sacudiendo la cabeza.

Al hacerlo, su melena rubia se movió de un lado a otro. Izar conocía el sedoso tacto de su cabello porque había hundido sus manos en él. Conocía su aroma. Había enredado sus dedos en él cuando le había hecho el amor, cuando la había hecho suya.

–Gracias, lo sé –respondió.

Su voz sonaba tensa, como se sentía él: tenso por el deseo contenido.

–Me gustaría que consideraras los próximos nueve meses como una oportunidad para comprender que ya no tengo doce años –le sugirió ella–. Sé muy bien lo que quiero, y puede que no estemos de acuerdo en qué es lo que más me conviene, pero ya no eres solo mi tutor, igual que yo ya no soy solo tu pupila. Y no puedes pasarte la noche haciéndome el amor, y a la mañana siguiente echarme un sermón sobre cómo debo vivir mi vida. Las dos cosas no pueden ser. Tienes que escoger; lo uno, o lo otro.

–No quiero las dos cosas –replicó él.

Miró a su hermosa Liliana, que por fin parecía haber perdido el miedo por completo. Se la veía fiera y segura de sí misma. Jamás la había deseado tanto... De hecho, nunca en toda su vida había deseado nada tanto como la deseaba a ella, y sabía que siempre sería así. Y debería haber sabido que ese era el motivo por el que nunca, jamás podría ser suya.

–Quiero que te vayas –añadió.

–No es verdad –replicó Liliana–. No es eso lo que quieres.

Izar sintió una presión en el pecho cuando la vio avanzar hacia él con una pequeña sonrisa en los labios.

–A lo mejor es que no estás lo suficientemente familiarizado con ciertas emociones como para comprenderlas cuando las sientes –sugirió deteniéndose a escasos centímetros de él.

El aroma de su perfume lo envolvía, tentador, y se moría por tocarla. Aquello era una tortura.

–¡Basta! –fue todo lo que acertó a decir.

Parecía furioso, y lo estaba, pero no con ella.

Liliana sonrió como si lo supiese.

–Te contaré un pequeño secreto –dijo dándole con el dedo en el pecho–: estás enamorado de mí, Izar. Por eso de repente el otro día sentiste la necesidad de dejarme libre, de comportarte de un modo noble y humilde: lo opuesto a como me habías tratado hasta ahora.

Izar se sintió como si lo hubiera tirado por la ventana que tenía detrás de sí.

–No seas ridícula.

–Tú me quieres, Izar –insistió ella con suavidad.

Tomó su mano y la puso contra su vientre.

–Me quieres, y sé que querrás a este bebé –le dijo.

La fachada de hombre duro e insensible que había estado intentando mantener ante ella se estaba resquebrajando por momentos. Se sentía extraño, como un pez fuera del agua, pero no apartó la mano. No podía hacerlo. Sin embargo, apretó la mandíbula y le recordó con dureza:

–Tú no querías a ese niño hasta hace unos días. ¿Y ahora hablas de amor?

–Tenía miedo –respondió ella en un tono quedo, fijando sus ojos azules en los suyos–. La situación me superaba. Estaba tan acostumbrada a enfrentarme a ti todo el tiempo que me costó darme cuenta de que en realidad quería dejar de estar en guerra contigo.

–Liliana, Liliana... –murmuró él, sacudiendo tristemente la cabeza–. En el fondo sigo siendo ese chico asilvestrado de un arrabal de Málaga. Tú tienes el mundo entero a tu disposición. Podrías elegir al hombre que quisieras... y lo harás.

–Pero es a ti a quien quiero...

Él volvió a pronunciar su nombre, intentando hacerla entrar en razón, pero Liliana lo ignoró.

–Deja que te aclare las cosas –le dijo. Aún sostenía su mano contra su vientre, donde crecía el hijo de ambos, y en sus ojos se encendió un brillo travieso, un brillo que parecía hablar de esa magia en la que él no creía–. Yo no quería casarme contigo si lo que íbamos a hacer era odiarnos y discutir a todas horas. No quería una lucha de poder constante. Pero te quiero, y creo que siempre te he querido, y lo único que espero es que tú me quieras también.

–Liliana...

–Ya sé que tú tienes un montón de requisitos en lo que respecta a tu idea de la esposa perfecta, del matrimonio perfecto –lo interrumpió ella–, pero yo no los tengo. Lo único que quiero es a ti, que estemos juntos.

–Yo también te quiero –le dijo Izar, que ya no podía aguantar más.

No podía contener por más tiempo aquel sentimiento. Saltó, como una llamarada, y de pronto, cuando vio sonreír a Liliana, se dio cuenta de que no sabía por qué había tenido tanto miedo de decir esas palabras.

–Todo lo demás me da igual –añadió–. Nunca me había importado nada ni nadie tanto como me importas tú.

–Lo sé, tontorrón –le susurró ella cariñosa, mirándolo con ojos brillantes–. Lo sé.

Y esa vez, cuando la besó, supo que aquello era para siempre. Podía sentirlo. Y aunque dejase de ser el tutor legal de Liliana cuando se casase con ella –porque tenía toda la intención de casarse con ella–, seguiría cuidando de ella y protegiéndola durante el resto de su vida.

Solo cuando la oyó riéndose se dio cuenta de que había dicho todo eso en voz alta, mientras cubría su rostro de besos.

–Sé que lo harás, vida mía –le dijo Liliana–. Y puedes empezar a demostrarme tu amor ya mismo.

Y eso fue lo que hizo, justo allí, frente a la chimenea, junto a su primer árbol de Navidad.

Liliana y él se casaron el día después de Navidad, y la suya fue una de las bodas más elegantes que había presenciado Europa. Ella llevaba un exquisito vestido de la firma Girard, con un velo que había pasado de una generación a otra en la familia de su padre, y unos pendientes y un collar de su madre.

–Quería que mis padres nos acompañaran en este día tan feliz –le dijo durante el banquete, mientras bailaban por el salón del hotel, sin ver nada más que al otro.

–Siempre estarán con nosotros –le respondió Izar con emoción.

La tormenta mediática que había causado su relación la habían capeado, sencillamente, ignorándola. Y, si los miembros de la junta directiva de Agustín Brooks Girard tenían algún problema con que se casara con Liliana, desde luego no se lo habían dicho a la cara.

Meses después, en su hogar de París, le dijo una noche a su esposa, cuando habían terminado de ver una película:

–¿Verdad que es curioso que siempre queramos que las historias tengan un final feliz? La nuestra desde luego lo ha tenido, aunque yo a veces siento que no me lo merecía.

Liliana, que estaba ya embarazadísima y más guapa que nunca, tenía los pies en su regazo y la cabeza apoyada en el brazo del sofá, pero la levantó un momento para mirarlo.

–Sí que te lo mereces, Izar –replicó muy seria–. Créeme.

Quería creerlo. ¡Cómo deseaba poder creerlo!

Su hija nació allí en París unas semanas después, y él asistió al parto para estar en todo momento al lado de Liliana. Cuando le pusieron a la pequeña en los brazos, toda roja y llorando a pleno pulmón, seguía sin creer que fuese merecedor de tanta dicha.

Y el destino aún les deparaba más felicidad, porque dos años más tarde les nacía también un hijo, un chiquitín de mofletes regordetes y que siempre se estaba riendo.

Izar nunca había creído en el amor. De hecho, siempre había pensado que lo del amor no estaba hecho para él. Pero se volcaba por completo en sus dos hijos y en su esposa, y poco a poco empezó a creer en ese poderoso sentimiento. Y así, gradualmente, a medida que pasaban los años, recordaba menos a menudo que una vez había considerado que no valía nada, que no se merecía nada, ni siquiera ser feliz.

Una tarde, cuando los niños estaban todavía en el colegio y Liliana y él estaban en las oficinas de Agustín Brooks Girard, salió de su despacho y fue al de ella. Liliana, que había resultado ser una magnífica diseñadora de moda, estaba sentada a su mesa repasando unos diseños.

Sin saber por qué, Izar se acordó de repente de aquella fría noche, años atrás, en aquel apartamento del Bronx que había compartido con sus amigas. Recordó lo hermosa que le había parecido cuando la había visto entrar por la puerta, tan esbelta, tan femenina, tan tentadora... Y recordó cómo lo había mirado, como si no supiese si era un sueño o una pesadilla.

Quizás había sido ambas cosas, pero Liliana lo había liberado de todas sus pesadillas, una tras otra; lo conseguía a diario.

Era asombrosa y los últimos años había desarrollado al máximo su potencial. Tenía el buen ojo de su madre para idear la línea de ropa perfecta, y también había heredado el instinto de su padre para los negocios, con lo que en poco tiempo se había hecho indispensable para la compañía.

Era la gema sin par en la que él siempre había pensado que se convertiría. Se la consideraba una visionaria de la moda a nivel internacional, y cada día brillaba con más fuerza. Y aun así no se le había subido a la cabeza, y seguía encantándole rodar por el suelo entre risas con sus hijos, como si no fuese una rica heredera. Y, lo más importante de todo, él era el dueño de su corazón, igual que ella era la dueña del suyo.

Pero desde hacía unas semanas tenía la sensación de que había estado ocultándole algo...

–Ya sé que estás ahí –dijo Liliana sin levantar aún la vista de su trabajo–. Es imposible ignorar tu presencia –añadió, levantando la cabeza por fin, con una sonrisa divertida.

–Hola, amor mío –la saludó él–. ¿No tienes nada que decirme? –inquirió mientras se acercaba a su mesa.

–Eso depende. ¿Qué crees que tengo que decirte?

Izar se detuvo junto a ella y la levantó de la silla para atraerla hacia sí. Le encantaba tenerla entre sus brazos, donde estaba su sitio. Eran como dos piezas de un puzle que encajaban a la perfección.

–Si te lo pregunto de nuevo –le advirtió juguetón antes de besarla tiernamente–, habrá consecuencias.

–Bueno, no sé –murmuró ella, echando la cabeza hacia atrás para mirarlo–, yo diría que eso es algo a lo que ya me tienes acostumbrada –añadió con ese brillo travieso que adoraba en los ojos.

Tiempo atrás habría pensado que estaba desafiándolo, pero ahora sabía que era amor.

Por toda respuesta enarcó una ceja, y Liliana se rio.

–Gemelos, Izar; vamos a tener gemelos –le dijo con asombro, como si aún no se lo creyera. Subió las manos a su pecho–. Y sé que no es lo que tú querías. Aún recuerdo cuando me enumeraste esa horrible lista de las cualidades que debía tener para ser la esposa perfecta, y eso de que solo querías tener dos hijos como mucho porque si no se complicaría la cuestión de la herencia y peligraría la continuidad de tu legado y...

–Lo que quiero es tenerte siempre a mi lado –la interrumpió Izar, que nunca había estado tan seguro de nada–, y quiero a los dos hijos que ya tenemos, y querré muchísimo a esos dos pequeños que están por venir.

La sonrisa de su esposa era tan radiante que por un momento Izar pensó que podría cegarlo, pero no le habría importado. Le rodeó el cuello con los brazos y se apretó contra él. La amaba más que a nada en el mundo –excepto a sus hijos, a los que quería tanto como a ella–, más que a su propia vida.

–¿Te das cuenta, Izar? –le preguntó con ojos brillantes–. Lo tenemos todo. Este es nuestro final feliz, solo que no es el final porque tenemos la inmensa suerte de vivirlo cada día.

Y por fin Izar creyó de verdad en el poder del amor, y sería un creyente durante el resto de su vida.